KB136318

자기만의 방으로

자기만의 방으로

고 운
무 루
박세미
송은정
서수연
신예희
신지혜
안희연
이소영
휘 리

오후의 소묘

한 여성이 방으로 들어갑니다. 그러나 그녀가 방으로 들어갈 때 어떤 일이 일어나는지를 말할 수 있으려면 우리의 언어가 가진 자원이 훨씬 늘어나야 하고 모든 단어들은 날개를 달고 뻗어 나가 파격적으로 새롭게 태어나야 할 겁니다.

버지니아 울프, 《자기만의 방》

차례

우리 내면의 무언가가 말할 때

내 시의 집들은

물방울이 찾아오기에

좋은 거처였던가.

안희연

안희연

면벽의 책상에서 시집《너의 슬픔이 끼어들 때》,
《밤이라고 부르는 것들 속에는》,《여름 언덕에서 배운 것》,
산문집《흩어지는 마음에게, 안녕》,《단어의 집》,
《당신이 좋아지면, 밤이 깊어지면》 등을 썼다.

물방울을 위한 건축물

나오시마 섬의 존재를 알게 된 건 그림 그리는 친구 K를 통해서였다. 몇 해 전 그는 일본 시코쿠 지방의 가가와현을 방문했던 이야기를 들려주었다. 섬 전체가 미술관으로 이루어진 공간이 있다고, 온종일 그곳을 거닐며 예술의 비호를 받는 기분이 꽤 유쾌했노라고, 너도 분명 그곳을 마음에 들어 할 거라고.

한참 잊고 있었던 그곳을 떠올린 건 마음이 물에 잠긴 종이처럼 낮게 가라앉았을 무렵이었다. 책임과 의무를 앞세우느라 정작 나를 돌보지 못해 제대로 고꾸라졌던 때. 나는 몸이 보내는 위험 신호를 읽었고, 즉흥적으로 비행기 티켓을 샀다. 짐을 꾸려 출발하기까지 사흘도 채 걸리지 않은 여행이었다.

K가 이야기했던 나오시마는 작은 천국 같았다. 구사마 야요이나 이우환, 안도 다다오처럼 굵직한 예술가들의 작업물들이 곳곳에 툭툭 놓여 있어 그저 지도

의 안내를 따라 점과 점 사이를 잇기만 하면 되었다. 고층 건물이 없고 사방으로 바다가 면해 있어 눈이 씻기는 느낌이 드는 곳. 전동 자전거를 빌려 섬을 한 바퀴 돌며 '아, 이대로 시간이 멈추었으면' 생각했다. 하지만 내게 허락된 시간은 많지 않았다. 워낙 짧은 일정으로 떠나왔던 터라 나오시마 섬 하나도 제대로 둘러보지 못한 채 내륙으로 가는 마지막 배를 타야 했다.

시간이 좀 더 있었다면 섬 속의 섬까지 다녀갔을 것이다. 나오시마에서도 한 번 더 배를 타고 들어가야 하는 데시마 섬과 그곳에 자리한 데시마 미술관. 그곳에는 단 하나의 작품이 전시되어 있다고 했다. 그것은 다름 아닌 물방울이다. 비유가 아니라 진짜 물방울. '나이토 레이内藤礼'의 〈매트릭스母型〉(2010)라는 작품인 그 물방울은 바닥 경사로의 표면장력으로 인해 자연적으로 생성되었다가 사라지기를 반복한다. 그 말인즉 내가 어떤 기후, 어느 시간대에 그곳을 방문하느냐에 따라 마주하게 되는 물방울의 양상이 달라진다는 뜻이다. 나는 왜 그 장면을 마주하고 싶었던 것일까. 언제나 가본 길보다 가지 않은 길이 더 찬란해 보이는 법. 나오시마 섬을 떠나온 뒤에야 사실 내가 진짜 가고 싶었던 곳은 데시마 섬이었다는 사실을 깨달았다. 사위가 어두웠고, 배는 내륙에 거의 다다라 있었다.

그날 이후 머릿속에서 물방울 생각이 떠나지 않았다. 세상 어딘가에 물방울을 위한 건축물이 존재한다는 사실에 얼마간 안도를 느끼기도 했지만 이내 생각의 방향은 물방울의 생성과 소멸이라는 보다 근본적인 문제로 환원되었다. 어쩌면 내가 쓰는 한 편 한 편의 시도 물방울을 위한 집 짓기가 아닌가 하는 생각. 제아무리 최고급 자재를 들여 근사한 건축물을 지어놓았다 하더라도 정작 그 안에 물방울이 맺히지 않는다면 다 부질없다는 생각. 자크 프레베르의 시 〈어느 새의 초상화를 그리려면〉에도 비슷한 이야기가 나온다. 어느 새의 초상화를 그리기 위해서는 일단 새장을 그린 뒤 새가 찾아올 때까지 침묵을 지키며 기다려야 한다고. 새가 새장 안으로 날아왔다면 모든 창살을 지우고 새가 노래할 수 있게 바람과 햇빛, 풀숲 벌레들을 그려야 한다고. 새가 노래하기 시작한다면 좋은 징조이지만 노래하지 않는다면 그림이 잘못되었다는 징조라고.

내 시의 집들은 물방울이 찾아오기에 좋은 거처였던가. 물방울의 '맺힘'이란 무엇일까. 사라짐을 예비한 맺힘에는 얼마나 무시무시한 안간힘이 내장되어 있나. 생각의 구름떼가 곧 비를 뿌릴 것처럼 몰려오고 있었다. 나의 머릿속에선 이런 일이 수시로 벌어진다.

온 우주의 중심인 책상에서

나는 지금 이 글을 화요일 오후 한 시의 책상에서 쓰고 있다. 잠시 여행객의 시선으로 방을 둘러본다. 수시로 드나드는 공간이건만 이렇게 보니 낯선 기분이 든다.

책상은 면벽하고 있다. 책상 뒤편에는 책장이 자리해

있고 왼편으로는 작은 창문이 나 있다. 창밖으로는 교회의 첨탑이, 그 너머로는 초등학교 운동장이 내려다보인다. 처음 이 방을 서재로 삼기로 결정한 후 가장 먼저 책상의 위치를 고민했다. 책상은 나의 모든 글들이 태어나는 심장이자 온 우주의 중심이므로 일단 책상의 위치가 정해져야 다른 가구들이 자리를 잡을 터였다.

처음에는 책상을 창문 앞에 두려 했다. 글이 가로막힐 때마다 고개를 들면 창밖이 보일 테고, 그러면 마음이 정화되고 생각에도 회로가 생겨 다시 글이 술술 풀리지 않을까 하는 생각에. 하지만 쓰라는 글은 안 쓰고 하염없이 창밖만 보다 하루를 공칠 확률도 무시할 수 없으므로 이내 생각을 바꾸었다. 책상은 무조건 면벽하는 것으로. 앞이 가로막혀야 안으로 들어갈 수 있다. 글쓰기는 앞으로 가면서 동시에 안으로 들어가는 작업이다. 시집 《여름 언덕에서 배운 것》에 수록된 시 〈면벽의 유령〉은 이러한 책상의 배치로 인해 쓰일 수 있었던 시라고 믿고 있다(면벽이 얼마나 길고 지루했으면 유령이 되었을까!).

그래도 책상과 멀지 않은 곳에 창문이 존재한다는 사실은 큰 위안이 되어준다. 비록 나는 면벽한 채 백지 위를 헤매는 유령일지라도 왼편으로 고개만 돌리면 얼마든 세상과 연결될 수 있다는 긍정의 신호 같아서다. 초등학교가 가깝다 보니 수업 시간의 시작과 끝을 알리는 종소리를 들을 수 있다는 점도 의외의 수확이다. 자동 타이머랄까. 나는 대체로 일과 시간인 오전 열 시부터 일곱 시 사이에 글을 쓴다. 초등학교는 40분 수업에 10분 휴식이라는 스케줄을 따른다. 방금 수업 시작을 알리는 종소리를 들은 것 같은데 왜 또 종이 울리는 거지? 그사이에 한 일이라고는 두 문장을 썼다 한 문장을 지운 일밖에 없는데. 그 과정을 몇 번 더 반복하다 보면 아이들의 하교 시간이 돌아온다. 집으로 돌아가는 아이들의 발걸음 소리가 경쾌하다. 비 오는 날이면 저마다의 손에 들린 우산의 색과 모양을 세밀하게 살필 수 있다는 점도, 하교 시간이 지난 뒤에도 운동장을 서성이는 그림자들을 향해 손을 흔들어볼 수 있다는 점도 좋다. 그림자조차 모두 집으로 돌아간 텅 빈 운동장이 나타났다면 노트북을 끌 시간이다. 저녁 메뉴를 고민하며 중얼거린다. 그래, 내일은 잘 써지겠지. 내일의 나를 믿자.

밤에는 거의 작업을 하지 않는다. 나는 '한낮에 쓰기'라는 루틴을 꽤 오래 지켜왔다. 여기에는 나름의 이유가 있는데 밤에 쓰는 글을, 좀 더 정확히 말하자면 밤의 나를 믿지 못하기 때문이다. 밤은 인간을 필요 이상으로 무르게 만든다. 나는 뾰족한 글을 쓰고 싶은데 밤의 글은 뭉툭해지기 쉽다. 도취나 연민에 마음을 내어주기 쉬우니까. 그런 스스로를 경계하기 위해서라도 밤 작업은 피하는 편이다. 책장을 등 뒤에 둔 이유도 비슷하다. 책장을 앞이나 옆에 두었다면 '세상에는 이렇게 좋은 책이 차고 넘치는데 굳이 내가 하나를 더 보탤 필요가 있나', '저 황금 같은 문장에 비하면 나의 문장은 왜 이리 깃털처럼 가벼운가' 자조와 낙담을 반복하느라 한 글자도 쓰지 못했을 것이다. 글을 쓰려면 일단 자신의 몸을 빈 항아리로 만들어야 하고 항아리가 차고 넘치게 읽어야 한다. 그런 다음 모든 것을 등 뒤에 두어야 한다. 오래전 모 시인의 방에는 책이 딱 한 권뿐이라는 이야기를 들었다. 국어사전. 이 말이 그가 독서에 게으르다는 걸 의미하지는 않을 것이다. 세상 모든 책들은 그의 등 뒤에 있으리라.

책상의 위치를 설명했을 뿐인데 어쩐지 신이 난 것 같다. 뭉클한 기분도 든다. 내 책상을 갖기까지의 지난했던 시간이 파노라마처럼 스쳐가는 까닭이다. 그간 나는 어떤 책상들을 전전해 왔나. 이십 대 내내 가장 많은 빚을 진 책상은 아무래도 카페 혹은 도서관의 책상일 것이다. 스물일곱에 작가가 된 이후에도 내 책상을 갖는 일은 요원했다. 서울의 연희문학창작촌이나 지금은 사라진 충북 증평의 21세기문학관 등 작가를 위해 마련된 레지던시 책상을 전전하며 여러 권의 시집과 산문집을 엮었다. 모두 창가에 면해 있지만 면벽한 책상들이었다.

참 많이 상상했었다. 숲을 거닐며 운명의 나무를 찾는 일, 목공을 배워 세상에 단 하나뿐인 책상을 만드는 일, 책상에 부적처럼 놓아둘 오브제나 서재에 걸어둘 단 하나의 그림을 만나는 일. 아이러니하게도(?) 내 방, 내 책상을 갖는 일은 결혼과 동시에 이루어졌다. 비록 직접 제작하지는 못했지만 신혼 가구를 고를 때 침대나 냉장고보다 서재 책상을 먼저 골랐다. 서랍이나 책꽂이가 딸려 있지 않은 크고 평평한 호두나무(월넛) 책상으로. 방이 두 개였던 신혼집은 침실과 서재로, 방이 세 개인 지금 집에서는 침실과 옷방과 서재로 방의 역할이 배분되었다. 이는 모두 남편의 하해와 같은 은혜 덕분이다. 남편은 도대체 자기 방은 언제 생기는 거냐고 수시로 묻는다. '자기만의 방'이라는 콘셉트의 청탁은 내가 아니라 남편에게 가야 했던 것인지도…….

나의 우주, 나의 책상 위는 언제나 더럽다. 책상을 괜히 우주에 비유하는 것이 아니다. 우주의 본질이 카오

스라면 나의 책상 위는 노트북과 마우스가 놓인 딱 어깨너비만큼의 공간을 제외하고는 책에 점령당해 있다(큰 책상을 사면 뭐 하냐고요! 크게 더러워질 뿐인데요). 책을 탑처럼 쌓아둔 구간, 책등이 보이게 엎어놓은 구간, 독서대에 고정시켜 펼쳐둔 구간 등 책상 자치구를 구획할 수는 있어도 결국 멀리서 보면 카오스의 시각적 재현에 다름 아니다. 글을 쓰기 전, 나는 이 모든 책들을 착착 정리해 등 뒤로 보낸다. 심호흡을 하며 자리에 앉는다. 정면에 붙여둔 엽서 속 올빼미와 눈인사를 한다. 나의 작은 올빼미 씨가 흐뭇하게 나를 내려다보고 있다.

우리 내면의 무언가가 말할 때

올빼미, 지금부터는 올빼미 이야기를 해야겠다. 이미 여러 차례 나의 올빼미(부엉이) 애호를 소개한 바 있지만 사랑을 고백하는 일은 몇 번을 거듭해도 모자람이 없을 터. 이 방, 이 책상의 진짜 주인은 올빼미(부엉이) 오브제들일 것이다. 나는 그들이 보이지 않는 못 자국을 지닌 입 없는 존재들이며, 내가 글을 쓸 때 거짓된 문장을 적지 않도록 지켜봐 주고 인도해 주는 파수꾼이라는 이야기를 전하였었다. 여전히 그렇다. 나의 올빼미(부엉이)들은 삶과 죽음, 존재와 부재라는 두 꼭짓점 사이를 분주히 오가며 나에게 비밀스러운 이야기를 전해준다. 입이 없기 때문에 더 자세히, 몸을 기울여 들어야 하는 이야기들을.

오늘은 어떤 이야기를 들려주시겠어요? 간절히 기다려도 대답을 들을 수 없을 때에는 올빼미(부엉이) 어깨 위의 먼지를 털어드리거나 위치를 바꿔보기도 한다. 작업이 가로막힐 때 치르는 나만의 의식이랄까. 대부분의 오브제들은 등 뒤 책장에 있지만 한둘은 책상에 놓아둔다. 그러면 앞뒤에서 감시당하는 느낌이 든다. 그 느낌이 나쁘지만은 않은데(?) 글을 쓰는 동안 마음의 오지로 스스로를 내몰고 싶은 욕망, 깨어 있어도 더 깨어 있고 싶다는 욕망 때문이리라.

면벽한 벽에는 주로 엽서를 붙여둔다. 현재 배치에 따르면 지금 나와 눈 맞추고 있는 엽서는 알브레히트 뒤러의 1506년 작품 〈작은 올빼미〉를 인쇄한 것이다. 이 올빼미 엽서는 허수경 시인의 초상과 더불어 꽤 오랜 시간 나의 벽을 지키고 있다. 저 멀리 독일에 사시는 L 작가님이 잠시 한국을 다녀가실 때 선물로 주신 것인데, 엽서를 보자마자 "어머나, 뒤러!" 하고 단박에 알아봐 작가님을 놀라게 한 적이 있다. 몇 달 전 나는 그 올빼미를 책에서 보았었다. 존 버거와 이브 버거의 편지 모음집이자 미술에 관한 근사한 사담이 담긴 책 《어떤 그림》(열화당, 2021, 15쪽)에서였다. 한밤중 책장을 넘기다 그 아이를 마주하고는 심장이 쿵 내려앉았다. 그 누구보다 많은 이야기를 품고 있는 존재처럼 보였기 때문에. 안구에 손가락을 찔러 넣으면 손가락이 푹 들어갈 것 같았다. 눈 밖으로 검은 물이 콸콸 쏟아져 내릴 것 같아 두려웠다. '나는 바람이 무서워요. 바람이 나를 통과해 갈 때마다 얼굴에 빗금이 생겨요. 나는 커다란 빗금이 되어가는 중인가 봐요.' 목소리를 들은 것은 나만의 착각이었을까.

우리 내면의 무언가가 말할 때, 내가 아니라 그것이 나의 몸을 빌려 더듬거리며 말할 때, 나는 그것을 받아 적는 사람이다. 입 없는 존재들의 몸짓을 언어로 번역하는 사람이라고 불러도 좋겠다. 이 모든 일은 책상에서 이루어진다. 백지는 끊임없이 열리고 닫힌다. 비록 나는 좁은 방안에 갇힌 면벽의 유령이지만 책상만 있다면 무엇이든 될 수 있고 어디로든 갈 수 있다. 이를테면 그곳을 떠나온 뒤에야 진짜 내가 가고 싶었던 장소는 '데시마 미술관'이었음을 깨달았던 그날의 배 안으로도. 너무 갑작스러운 전개인가? 하지만 백지 위에서라면 못 갈 곳도, 못 할 일도 없다. 나는 뱃머리를 돌려 테시마 섬으로 가본다.

*

어둠이 깔리기 시작하는 시간이다. 선착장에서 미술관까지는 거리가 꽤 된다. 어차피 마지막 관람객들은 다 떠났을 테고 미술관 문도 닫혀 있을 테니 천천히 걸어가기로 한다. 바람이 분다. 바람이 불어서 아픈 존재들이 떠오른다. 바람이 자신을 통과할 때마다 얼굴에 빗금이 생겨난다는 나의 올빼미. 우리는 함께 걷는다.

"'섬의 밤'과 '밤의 섬'은 어떻게 다르지?" 내가 물으면 "너는 '섬의 밤'에 있고 나는 '밤의 섬'에 있어. 하지만 우리는 나란해" 네가 말한다.

고대하던 미술관 입구가 보인다. 듣던 대로 근사한 건축물이다. 우리는 안으로 들어간다. 문으로 들어온 것 같지는 않다.

"그렇다고 벽으로 들어온 것도 아닌데 우리가 어떻게 여기 들어와 있지?"

"이 바보야, 우리는 지금 네 방 네 책상 앞에 있잖아."

우리는 쪼그려 앉아 물방울을 본다. 물방울은 영롱하게 맺혀 있다. 크기는 작지만 무거워 보인다. “고작 물방울 하나를 위해 이렇게 큰 집이 필요했을까?” 내가 푸념하듯 묻자 물방울은 그런 서운한 말이 어디 있냐는 듯 위태롭게 좌우로 흔들리다가 저 먼 곳, 이름 모를 누군가의 뺨을 타고 흘러내렸다.

“봤어? 물방울이 사라졌어.”

너는 대답이 없다.

“‘밤의 섬’으로 돌아갔을까?”

너는 대답이 없다.

며칠 뒤 너는 낯선 이로부터 편지 한 통을 받게 된다. ‘눈물이 너무 무거워 책상에 엎드려 있었어요. 눈물방울 하나가 눈가에 오래 매달려 있었는데… 영원히 떨어뜨릴 수 없을 것만 같았는데… 어디선가 눈물을 찾는 전화벨 소리가 들렸고 그 순간…’

(계속)

*

즉흥적으로 떠오른 이 이야기는 시일까? 나는 정말 '데시마 미술관'에 다녀오지 않은 것일까? 모르겠다. 다만 내가 아는 것은 내면의 무언가가 말을 하기 시작했다는 것. 책상에 앉으면 수시로 그런 일이 벌어진다는 것.

오늘은 어디로 가볼까? 책상이 닻을 올리고 항해를 시작한다. 우중의 숲길이다가도 순식간에 사막이 펼쳐지는 곳. 둥지의 알을 쓰다듬다가도 뜬금없이 번지점프를 하는 곳. 이 책상의 이름은 가능성이다. 이곳은 나의 방이다.

방금 전까지 싱크대 앞에 서 있던 한 여자가

글을 쓰는 동안만큼은 명백한 작가로

존재한다는 사실이 여전히 놀라울 따름이어서,

나는 그런 자신을 계속해서 목도하고 응원하고 싶어졌다.

송은정

송은정

바깥을 걷고 여행하며 집에서 글을 쓴다.
출판 편집자, 책방 '일단멈춤'의 주인,
라이프스타일숍 에디터를 거쳐 프리랜서로 살고 있다.
《오늘, 책방을 닫았습니다》, 《빼기의 여행》, 《저는 이 정도가 좋아요》,
《비건 베이킹: 심란한 날에도 기쁜 날에도 빵을 굽자》를 지었다.

자기만의 (책)방 실험

서울 어딘가에서 작은 책방을 운영한 적이 있다.

서점이 아닌 굳이 책방이라 이름 붙인 데는 그곳이 말 그대로 '책이 있는 방'의 모습을 하고 있어서였다. 부족한 예산으로 시작했던 오픈 초기에는 어지간한 장서가의 서재보다도 못한 형편이었다. 한쪽 벽면에 설치한 채널 선반과 가로 1200센티미터의 테이블, 이웃집 담벼락에 버려져 있던 넓은 나무판자를 재활용한 진열대 정도가 구색의 전부였고, 그마저도 책을 다 채우지 못해 휴일을 보내고 오면 텅 빈 자리마다 먼지가 뽀얗게 내려앉아 있었다.

운명의 책을 찾아 서가 구석구석을 살피는 장면은 구현할 수 없었지만 책방에는 이곳 나름의 정다운 '방다움'이 존재했다. 이를테면 웅크려 숨기 좋은 아늑함이나 나른하게 잠이 쏟아지는 전기장판의 온기 같은 것들. 첫눈에 반한 건 햇볕이었다. 오랫동안 닫혀 있었음

직한 문이 삐걱거리는 마찰음을 내며 열리고 부동산 중개인의 어깨 너머로 깨금발을 들어 안을 들여다보던 그 순간, 내 눈에 든 첫 형상은 바닥에 쏟아져 내린 햇볕이었다. 초록색 셀로판지로 가려져 있던 유리창 안쪽의 세계는 상상 속 그곳보다 훨씬 따뜻한 장소였다. 나는 가장 먼저 책상을 놓아보았다. 가상의 세계 속에선 늘 제자리를 찾지 못해 이리저리 굴러다니던 책상이었다. 잠시 살핀 끝에 시선이 멈춘 곳은 오른쪽 모서리였다. 이전 임차인이 설치해 둔 싱크대가 있어 커피와 차를 즐기기 편해 보였다. 메인 출입구 외에 전용으로 쓸 수 있는 여닫이문이 하나 더 있는 점도 마음에 들었다. 더할 나위 없는 책상의 자리였다.

책방은 책을 파는 장소인 동시에 나의 첫 작업실이 될 예정이었다. 임대 매물을 살필 때 책상의 위치부터 그려본 것 역시 그런 이유였다. 내게는 꿍꿍이가 있었다. 책을 팔아 돈을 벌자. 손님을 기다리는 동안에는 글을 쓰자. 회사원일 때보다 수입은 줄겠지만 그만큼의 시간을 벌 수 있지 않을까. 하지만 어디까지나 머릿속에서 셈한 단순 계산값일 뿐 확신은 없었다. 다만 가능하다면 가능할 것도, 망하더라도 아주 폭삭 망하지만은 않을 것 같았다. 나는 책방 운영을 일종의 실험이라 여기기로 했다. 그렇게 생각하니 마음의 부담이 한풀 꺾이는 듯했다. 실험에는 실패가 없고 오직 데이터와 경험만이 남을 테니까. 2년간의 임대 기간 동안 책으로 할 수 있는 시도는 힘껏 해보자 결심했다. 그 시도 중에 내 이름이 인쇄된 책 또한 포함된다면 정말이지 멋진 일이 될 테고.

늦가을 즈음 여차저차 문을 연 책방은 차츰 활기를 띠기 시작했다. 이런저런 사람들이 열 평 남짓의 공간을 찾아주었다. 글을 읽는 사람과 쓰는 사람, 책을 만드는 사람과 만들고 싶은 사람, 자신이 쓴 책을 소개하고 싶지만 수줍은 사람, 그럼에도 쑥스러움을 무릅쓰고 책방 문을 두드리는 사람, 공책에 써 내려온 시를 읽어봐 달라 내미는 사람, 그리고 대다수의 책을 사랑하는 순전한 사람들이 추위를 뚫고 책방까지 부러 방문해 주었다. 간판을 마련하기 전까지는(무려 1년이 걸렸다) 책방이 보이지 않는다며 전화를 걸어오는 경우도 심심찮게 벌어졌다. 그때마다 나는 허공에 뻗은 손을 흔들어대며 위치를 알렸다.

여기, 여기요! 여기 책방이 있어요!

책방에서 만난 이들은 저마다 자신만의 특기와 재능을 가지고 있었다. 그리고 대화를 나눌수록 이들에게 더 많은 기회와 일자리가 필요하다는 사실을 알게 됐다. 마침 내게는 이들이 활약할 수 있는 공간과 홍보 수단이 마련되어 있었고 나는 평소답지 않은 추진력을 발휘하며 제안을 던졌다. 다행히 "한번 해봅시다!" 하고 외치면 저쪽에서도 "그럴까요!" 하고 흥겨운 답이 돌아왔다. 기획서를 제출할 필요 없이 즉석에서 워크숍 이름과 일정을 정했다. 출판 편집자, 프리랜서 일러스트레이터, 독립출판 제작자, 작가 등이 강사 임무를 맡게 됐다. 그중에는 나와 같은 책방 주인도 포함되어 있었다. 워크숍이 있는 날에는 조금 일찍 책방을 닫고 이쪽 책방으로 다시 출근을 한 것이다.

저녁마다 열리는 워크숍은 내게도 도움이 됐다. 책 판매만으로는 부족한 수입을 메워주는가 하면 뜻밖의 보람을 안겨주었다. 나는 내가 멍석 깔기를 즐기는 사람이라는 것을 이때 처음 알았다. 한껏 부추기고 박수를 쳐주는 일이 좋았고, 기대와 열망으로 가득 찬 이들이 모여 눈을 반짝이는 광경을 지켜보는 것 또한 기대한 적 없는 기쁨이었다. 밤의 책방을 찾아온 이들은 대체로 여성이었다. 이삼십 대가 주를 이루었고 예순에 가까운 어른들도 드물게 문을 두드렸다. 하나같이 피로를 잔뜩 머금은 얼굴을 한 채였다.

참으로 신기하지. 그런 표정으로, 시들고 반쯤은 잠겨 있는 듯한 표정으로 열심인 마음이. 피곤을 떨쳐내며 꼿꼿이 허리를 세워보려는 애씀이. 나는 알다가도 모르겠는 하지만 어쩐지 알 것만 같은 기분으로 그 얼굴들 곁에 서 있곤 했다.

사실 책방은 이기심의 산물이었다. 외부에서 기대하는 역할과 기대에 부흥할 생각은 손톱만큼도 없었다. 오랫동안 잠들어 있던 활화산처럼 내 안의 욕망과 욕구를 책방이라는 공간에 쏟아냈을 뿐이다. 나는 글을 쓰고 싶었고, 그 글로 책을 출간해 보고 싶었고, 출간된 책으로 이름을 알리고도 싶었다. 작가가 되고 싶었다. 간편하게 설명하자면 그런 셈이었다. 하지만 작가가 되는 길에 대해선 막상 알지 못했다. 어떤 글을 써야 할지에 대해서도 구체적인 계획조차 없었다. 그저 내가 보아온 것들. 열여섯 시간 동안 쉬지 않고 달리던 장거리 버스와 차창 너머로 본 세상에 대해서, 고개를 한참 꺾어 올려다보았던 커다란 나무에 대해서, 어두컴컴한 밤 눈을 번쩍이던 사막여우에 대해서, 이름 없는 이방인으로 잠시 존재했던 시간에 대해서 기록하고 싶었다. 누가 궁금해할까 싶은 그 이야기들을 적어도 나 한 사람쯤은 기억하고 싶었다.

유일하게 덤벼볼 방법은 오직 쓰는 것뿐이었다. 쓴

다고 해서 작가가 되는지는 모르겠지만 쓰지 않으면 작가가 될 수 없다는 것만은 확실했다. 하지만 우아하게 키보드만 붙잡고 있을 순 없는 노릇. 전업 작가로 (무려 '전업' '작가'라니! 이제 와 생각하면 웃음이 나온다) 자리 잡기 전까지 나를 안전하게 지탱해 줄 소득 기반이 필요했다. 놀랍게도 책방에선 그 모든 게 가능해 보였다. 일은 일사천리로 진행됐다. 그렇게 나는 자기만의 (책)방을, 작업실을 쟁취했다. 검증된 바는 없지만 동아줄이 되어줄 생계 수단도 마련했다. 나의 유일무이한 재능인 희미한 낙관이 빛을 발하는 순간이었다.

매일 오후 한 시 꼬박꼬박 책방 문을 열었다. 길고양이 사료통을 채우고, 돌돌 굴러다니는 먼지를 쓸고, 손님과 어색한 침묵을 주고받고, 이따금 유사 고민 상담소가 개장되고, (한숨 돌리고), 인스타그램에 입고 소식을 올리고, 화분에 물을 주고, (잠시 무릎에 얼굴을 파묻고), 서점지원사업 서류를 작성하고, 워크숍을 준비하는 틈틈이 글을 썼다. 조각보를 이어 붙이듯 조금씩 써

둔 문장들을 바느질해 글 한 편을 완성했다. 책방 운영기처럼 블로그에 공개된 글도 있지만 어떤 글은 '무제'인 채로 폴더에 영영 갇혀 있었다. 글 안의 내가 도무지 종잡을 수 없는 이중 삼중 인격자의 면모를 띠고 있었기 때문이다. 설렘에 몸서리쳤다가, 입을 꾹 다물었다가, 맥박이 투욱 툭 느려졌다가, 장롱 문을 쾅 닫고 숨어버리는. 어느 눈부신 책방을 배경으로 한 파국의 드라마를 차마 세상에 내보일 순 없었다.

때문에 그 무렵 도착한 이메일은 깜짝 놀랄 만한 소식이었다. 온라인 글쓰기 플랫폼에 올린 에세이를 한 편집자가 읽고 출간을 제안한 것이다. 그의 눈에 든 글들은 숙면을 취한 책방 휴무일에 쓴 것이었다. 몇 번의 이메일을 주고받은 뒤 우리는 책방에서 미팅을 가졌다. 구체적인 논의가 오가고 편집자는 조심스레 출간 계약서를 내밀었다. 유난히 빳빳해 보이는 종이에선 묵직한 각오가 느껴졌다. 작게 박수라도 쳐야 할까. 어쩌면 인생의 터닝 포인트가 될지도 모를 장면이었고, 그에 걸

맞은 리액션을 취하고 싶었지만 나는 적당한 포즈를 알지 못했다. 너무 기뻐해서는 안 된다고도 생각했을 것이다. 어느 누구도, 하물며 자신조차도 아직 만나본 적 없는 글에 걸린 기대가 덜컥 겁이 났다. 나도 모르게 꽉 쥐고 있던 주먹을 펼치자 손금 사이로 땀이 흘러내렸다. 그것이 오랜 시간 꿈꿔왔던 순간의 진짜 정체였다. 어떤 꿈은 악몽과 닮아 있었다.

마음껏 울음 우는 방

첫 출간 계약을 마친 이튿날, 당시 남자친구였던 배우자가 축하 선물로 맥북을 주문해 주었다. 8년이 흐른 지금까지 단행본 여섯 권과 수십 편의 에세이를 써낸 맥북은 이제 내장 키보드와 터치패드가 고장 나고, 배터리 용량은 겨우 40분 남짓인 영광스러운 고물이 됐다. 몇 번이나 폐기를 고민했지만 선뜻 그러지 못한 건 맥북의 사정에 과몰입한 나의 비대한 자아 때문이라고 해두자. 더구나 블루투스 키보드와 마우스만 있다면 사용에 아무런 지장이 없으니 아직은 버릴 타이밍이 아닌 것이다. 다만 데스크톱이 된 노트북은 기동성이 현저히 떨어졌다. 더는 예전처럼 천가방에 맥북만 달랑 챙겨 카페에 가거나, 침대에 누운 채 모니터를 바라보며 머리로 작문을 할 수 없게 됐다는 의미다. 장소의 제약에서 자유로운 프리랜서에겐 치명적인 결함이려나. 하지만 나는 내게 주어진 환경에 그럭저럭 만족하며 살아가고 있다. 집에서 데스크톱이 된 노트북으로 글을 쓰는 생활이 자연스럽다. 책방을 닫고 모든 짐을 거실과 방으로 옮긴 그날로부터 시작된 일이다.

책방은 2년을 채 넘기지 못했다. 나는 깔끔하게 두 손 두 발 들었다. 어째서 폐업을 결정했느냐고 누군가 묻는다면 나는 365개의 다른 답을 들려줄 수 있었다. 매일 다른 이유로 회의를 느꼈다. 출근을 했는데 밤사이 화병이 꽝꽝 얼어 있더라고요. 손가락 끝이 굳어서 이메일도 쓸 수가 없어요. 하루는 웬 젊은 남자가 책방

앞을 종일 어슬렁거리던 거 있죠. 얼마나 가슴 졸였는지. 오늘은 엽서 세 장을 팔았어요. 위탁 수수료 제하면 900원 벌었네요. 그거 알아요? 너무 정신이 없어서 애인 생일도 깜빡 지나쳤어요. 최악이에요. 하지만 가장 견딜 수 없는 건—

그건. 나는 입이 쉬이 떨어지지 않았다. 그것에 대해서만큼은 아주 많이 자주 깊이 생각할수록 더욱 어려워졌다. 나는 물었다. '마음껏 엉엉 울 수 없음'은 온당한 사유가 될 수 있을까. 당연하다 여기면서도 나는 아주 작은 목소리로 어리광 따위 부리지 말라고 스스로를 다그쳤다. 하지만 반박하는 나의 근거도 만만찮았다. 책방은 공적인 장소로서만 작동할 뿐 자기만의 방도 작업실도 될 수 없어. 그곳에서 나는 수시로 발각됐다. 담요 아래에서 숨죽여 일기를 쓰는데 누군가 노크도 없이 담요를 들춰대는 기분이었다. 문을 걸어 잠근 채 작정하고 울어보려 했더니 다른 쪽 문이 열리는 날도 있었다.

그토록 마음에 들어 했던 오른쪽 모서리 자리의 바로 그 문이! 생전 처음 보는 남자에 의해 훤히 열려버린 것이다(물론 그는 아무런 영문도 모르는 손님이었다). 책상에 앉은 채로 나는 훌쩍이며 인사를 했다. 주춤거리는 남자의 눈빛이 안쓰러울 지경이었다.

약속된 원고는 거의 쓰지 못했다. 출간 계약서에 명시된 마감일을 훌쩍 넘긴 지 이미 오래였다. 미련 없이 책방을 정리하고 다세대 주택 투룸 옷방에 작업실을 꾸렸다. 방의 절반은 붙박이장, 남은 절반은 책상이 놓인 그곳을 나는 집업실이라 부르기로 했다. 배우자가 회사로 출근하면 커피가 담긴 머그잔을 들고 집업실 문을 열었다. 사계절 옷더미가 뿜어내는 먼지의 양이 어마어마해서 책상에 내려앉은 먼지를 훑어내는 것이 첫 일과였다. 고만고만한 높이의 집들에 둘러싸인 집업실은 어둡고 서늘했다. 전망이랄 것도 없는 방이었다. 책방에서 바라본 골목 풍경, 풍족하게 쏟아지던 남향의 햇살과 비교하면 꼭 고립된 동굴 같았다.

나는 한낮에도 초를 켰다. 불투명한 컵에 담긴 티라이트에서 가만한 빛이 노을처럼 퍼졌다. 음악 대신 적막에 귀 기울였다. 컹컹 이따금 개 짖는 소리가 들렸다. 아무도 나를 찾지 않았고, 오직 나만이 나를 불러낼 수 있었다. 문이 활짝 열릴까 염려할 필요도 없었다. 방을 출입할 수 있는 사람은 단 한 사람뿐이었으니까. 덕분에 그 방에선 마음껏 엉엉 울 수 있었다. 눈물도 소리도 없이 울었다.

어쩌면 나는 울면서 쓰는 사람. 시간의 뒤를 좇을 때, 과거의 나와 내가 사랑하고 미워하고 원망하는 사람들을 마주해야만 할 때 나는 어김없이 울고 싶어졌다. 지나치게 행복한 장면을 떠올릴 때도 마찬가지였다. 울음은 슬픔의 차지가 아니므로 나는 우는 것이 부끄럽지만은 않았다.

찬물로 세수를 하고 킁 코를 풀며 글을 썼다. 그러고 나면 따뜻하고 말랑한 무언가가 나를 지그시 안아주는 듯했다. 후련하진 않아도 기운이 났다. 그렇게 얻은 힘은 나를 먹이고 일으키는 데 썼다. 동네 시장을 빙 돌며 겨울 섬초 한 봉지, 딸기 한 팩, 두부 한 모를 사서 귀가했다. 돌아와서는 글이며 울음이며 하는 것들은 홀랑 잊어버리고 그저 찌개를 팔팔 끓이는 데 열심이었다. 저쪽 문 너머의 일에 대해선 아무것도 모르는 사람처럼. 솥밥에 알밤을 넣을까 고구마를 넣을까 하는 고민만이 가장 중차대한 사안인 것처럼. 그런 매일을, 매일 반복하니 어느새 A4 용지 수백 장이 책상에 차곡차곡 쌓여 있었다. 실체가 되어 나타난 종이뭉치를 보며 아무것도 아닌 마음이란 없구나 생각했다. 확률이 확신에 더 다가선 순간. 조금 더 계속해 보자고 나는 그제야 내게 말해줄 수 있었다.

'어디로든 문'이 열리는 방

두 번째 집업실은 좀 더 환하고 따스했다. 이사를 할 때 최우선에 둔 조건이 채광과 산책이었다. 외부보다 집에서 글을 쓰는 것이 내게 잘 맞는다는 사실을 확인한 뒤 쾌적한 환경을 갖추는 데 꽤 공을 들였다.

작은 집이라 옷방 한켠에 책상을 놓을 수밖에 없는 것만은 여전했지만 창밖으로 낮은 뒷산이 보여 좋았다. 그 창을 통해 동네 고양이들이 낙엽을 밟으며 산을 타거나 동그랗게 볕이 고인 자리에서 낮잠 자는 모습을 보았다. 봄에는 뒷산에 올라 아까시꽃에 흠뻑 취하고 가을에는 갈참나무 졸참나무 도토리의 이름을 외우며 계절을 따라다녔다. 자연 가까이 살게 되면서 나는 처음으로 시간의 흐름을 실감했다. 새순이 움트고 사라지는 과정을 실시간으로 목격했다. 몇 날 며칠 같은 문장에 붙들려 있는 동안에는 마치 네모난 상자에 갇힌 기분이 들곤 했다. 조금도 나아지지 않으리라는 불길한 예감, 그 무력함에 지쳐갈 때쯤 창 너머로 고개를 돌리면 부드럽게 흐르는 시간의 흐름을 느낄 수 있었다. 어제는 분명 꽃망울이었는데 오늘은 활짝 피었구나. 애쓰고 있구나, 밤새 지치지 않고 견뎠구나. 눈에 보이지 않았을 뿐 가득 차 있었구나. 그런 혼잣말, 위로, 다짐.

밝은 집은 몸을 자발적으로 움직이게끔 만들었다. 감추고 싶은 얼룩과 부스러기가 자연광의 축복을 받으며 눈부시게 빛나고 있기 때문이다. 글을 쓰기 전 간단한 청소와 정리를 끝내는 습관이 적당한 살림 수준을 유지하는 데 도움이 됐다. 나의 아침은 전날 끓여둔 메밀차 한 잔을 마신 뒤 식기건조대로 향하는 데서부터 시작된다. 물기 마른 그릇과 컵, 커트러리를 제자리에 돌려놓는 행위는 내게 무척 중요한 일과 중의 하나다. 기껏 말려둔 식기에 다시 물이 튀는 게 꺼림직하기도 하거니와 무엇보다 제자리에 되돌려둠으로써 얻는 '오늘'의 감각이 좋다. 일종의 리셋 버튼이랄까. 어제의 일이야 어찌 되었든 오늘은 오늘을 살겠다는 의지가 생겨나는 것만 같다. 잘 풀리지 않았던 원고도 오늘은 진척이 있으리라 기대하게 된다. 사실 단순히 따져보아도 깨끗하고자 하는 마음을 간직하는 것이 삶에 해로울 리 없다. 특히 김설 작가가 《사생활들》에 쓴 문장을 읽다 보면 그 마음에 더욱 확신을 가질 수밖에.

> 하루하루를 비슷하게 산다. 집안일의 반복이 지루하지 않다. 비슷한 시간에 일어나고 어제와 같은 시간에 먼지를 털고 청소기를 민다. (중략) 그렇게 억지로라도 매일 비슷한 일상을 만들어간다. 그러면 또 아무 일도 없던 것처럼 잔잔한 평화가 깃든다. 자신이 사는 집을 난장판으로 만들고도 불편함을 모르는 사람이라면 밖에서 아무리 대단한 일을 하는 사람이라도 믿을 수 없다고 생각하는 편이다.*

하지만 돌연 세계를 덮친 팬데믹은 반도의 조그마한

* 김설, 《사생활들》, 꿈꾸는 인생, 2021.

집업실에도 적지 않은 영향을 끼쳤다. 간신히 구축해 놓은 비슷비슷한 하루에도 균열이 생겼다. 배우자의 무기한 재택근무가 시작된 것이다. 나는 옷방에 놓여 있던 유일한 책상을 그에게 넘겨주기로 했다. 직업 특성상 대형 모니터가 필수였기 때문에 달리 다른 선택지가 없었다. 전염병으로 인해 집업실을 잃게 될 줄이야 감히 상상이나 했을까.

한동안은 (구)집업실을 차지한 배우자의 존재를 의식하는 것만으로도 신경이 곤두섰다. 상대 역시 다른 이유로 한껏 예민한 상태였다. 아직 재택근무에 적응하지 못한 배우자가 갑갑함에 몸서리칠 때면 그의 손을 붙잡고 집 앞 내천을 걸었다. 산책은 내가 집업실 생활을 하며 익힌 필살의 기술이었다. 63빌딩만 한 벽이 눈앞을 가로막을 때마다 무작정 집업실을 뛰쳐나왔다. 흔들리는 팔다리의 움직임을 느끼며 걷다 보면 상상 속 벽은 이내 허물어지고 그 자리엔 너구리와 흰뺨검둥오리, 왜가리 같은 존재들의 귀여움만이 가득했다. 마스

크로 무장한 우리는 점심시간마다 동네 곳곳을 누비고 다녔다. 평일 한낮에도 다양한 연령대의 사람들이 산책을 즐기는 풍경은 생경하면서도 왠지 모를 동질감을 들게 했다. 팬데믹조차 꺾지 못한 의지의 산책이었다.

팬데믹 동안 나는 부엌 식탁에서 거실 테이블로 혹은 그 반대로 자리를 옮겨가며 글을 썼다. 식사를 마치고 나면 애호박을 듬뿍 넣은 파스타 접시는 맥북과 머그컵으로 대체됐다. 공기 중에선 여전히 마늘 냄새가 났지만 꿈틀대는 생각들이 후각을 잠시 마비시켜 주었다. 수저가 놓이면 식탁이 되고 펜을 놓으면 책상이 되는 이상한 혼란 속에서 나는 써야만 하는 것들을 어떻게든 써냈다.

어쩌면 집업실의 부재를 문제라 여길 겨를도 없이 이 상황을 즐겼는지도 모른다. 난처한 표정으로 고립에 대처하는 사람들 사이에서 나는 여느 때보다 활기찼다. 방금 전까지 오이를 소금에 절이며 싱크대 앞에 서 있던 한 여자가 글을 쓰는 동안만큼은 명백한 작가로 존재한다는 사실이 내겐 여전히 놀라울 따름이어서, 나는 그런 자신을 계속해서 목도하고 응원하고 싶어졌다. 재능의 유무는 접어둔 채 쓰고자 하는 마음을 기꺼이 밀어붙여 보려는 그 욕망을 이번만큼은 끝까지 지켜보고 싶었다.

어린 시절 도라에몽의 '어디로든 문'을 통해 자유롭게 떠나고 돌아오는 상상에 곧잘 빠지곤 했다. 마음먹은 곳이라면 어디든 당장 떠날 수 있는 그 비밀도구를 성인이 된 지금도 종종 떠올린다. 어른의 동행이 필요했던 때에는 텔레비전에 소개된 이국의 장소들에 주로 매료됐다. 까마득한 '언젠가' 대신 지금 당장 문을 열고 빨간 벽돌집이 있는 저곳에 발을 딛고 싶었다. 한편 괴로운 상황을 피하고 싶은 순간에도 문은 절실했다. 늦은 밤 부모의 목소리가 점점 커질 때, 책상에 무릎 꿇고 앉아 단체 체벌을 받을 때 어디로든 문의 손잡이를 붙잡고서 소란이 끝나기만을 기다렸다. 하지만 어른이 되어서도 상황은 크게 달라지지 않았다. 현실은 시간과 돈에 붙들려 있고 파도처럼 무시로 갈등이 찾아왔다. 부당한 처사에 제대로 대항도 못 해보고 그저 몸을 떨며 버스 뒷자리를 지킨 날도 있었다. 어디로든 문을 가질 수 있다면 무엇이든 걸 수 있을 것만 같았다.

하지만 현명한 어른은 다른 방법을 생각해 낸다. 스스로를 지킬 수 있는 지혜를 궁리하고, 때로는 에라 모르겠다의 심정으로 몸을 던져보기도 한다. 그리고 어떤 어른은 글을 쓴다. 씀으로써 돌파한다. 거기에는 질문이 있고, 질문을 기다리는 내가 있기 때문이다. 나는 그 글이 나만의 어디로든 문이 되길 고대하고 있다. 문을 열면 그곳엔 단 한 사람을 위한 책상 하나가 놓여 있을 것이다.

열병합 방식으로 그리는 일

어린이집에 아이들을 데리러 가기 전
방을 둘러보는 순간이 너무 좋았다.
어두운 벽에 기대어 있는 캔버스의 실루엣,
테레빈유 냄새, 아직 손에 묻어 있는 물감.

서수연

서수연

그림책《백 살이 되면》을 비롯해 에세이《돌봄과 작업》,
《이상하고 자유로운 할머니가 되고 싶어》, 매거진《AROUND》에
그림으로 참여했고, 2016년부터 카페 일과 양육의 틈틈이
작업을 하며 '퇴근드로잉'을 이어오고 있다.
서로와 서온, 두 아이의 엄마다.

-

아가씨가 잘 몰라서 그렇지 이 집이 반지하라고 해도 진짜 반지하는 아니야. 그 정도면 1층이지, 1층!

부동산 아줌마는 헬륨을 마신 것처럼 빠르고 가벼운 하이톤으로 말했다, 나는 1도 믿지 않았지만.

우와 정말요? 그럼 한번 보여주세요.

그때 나는 스물여덟이었고 처음으로 독립해서 살 집을 찾고 있었다. 어차피 이 부동산이 처음이고, 앞으로 여기저기 많이 봐둬야 진짜 좋은 곳을 고를 수 있으므로 일단 볼 수 있는 곳은 다 보자, 그런 마음으로. 내 첫 집인데 아무데서나 살 순 없어. 더구나 반지하는 안 되지. 다른 건 몰라도 반지하는 절대 안 돼. 다짐하면서 헬륨 아줌마를 따라나섰다.

열두 살에 엄마와 함께 서울에 처음 올라와 살았던 빌라의 반지하는 정말 최악이었다. 어둠 속에서 어슴푸레 물건들이 둥둥 뜨는 것 같은 느낌이 들어 깬 새벽, 계단으로 빗물이 쏟아지고 모든 세대의 오물이 역류해 방마다 찰랑찰랑했다. 물을 다 퍼내고도 그 여름 내내 장판을 걷은 채 난로로 바닥을 말려가며 시멘트 바닥 위에서 신발을 신고 살았다. 마르지 않는 옷과 곰팡이 냄새와 열어둔 과자봉지에 그득한 개미들, 서울의 모든 벌레가 우리 집에 모여 살기라도 하는 것 같았다.

18평 빌라 지하에서 이모네 세 식구와 외삼촌 그리고 엄마와 나. 우리 여섯 식구는 매일 물을 퍼냈다. 빌라 주인은 얼마 되지도 않는 보증금을 돌려주지 않은 채 도망 다녔고 그 반지하가 전부였던 우리는 빚을 얻어 그 집을 경매로 사고, 수리해서 다시 팔 때까지 7년간 반지하를 몸에 새기며 버텼다.

이런 말씀 드리기 좀 그렇지만 저도 겪을 만큼 겪었어요. 1층 같은 반지하가 어딨어요? 여긴 좀… 하고 돌아설 거야. 이번에야말로 꼼꼼하고 똑똑하게 따져서 결정하겠어, 라고 다짐했다. 하지만 나는 우주에 내던져진 한 마리 짐승이었으므로 꼼꼼과 똑똑을 챙길 수 없었고 헬륨 풍선처럼 그 1층 같은 반지하를 향해 마냥 부풀어 오르고 있었다. 음, 그러니까 인생은 정답 같은 오답들과 오답 같은 정답들 사이에서 막 헤매는 것이던데요. 함정에 빠지지 않으려 발버둥 쳤지만, 초짜인 나는 정답 같으면서도 오답인 듯 1층 같은 반지하에 제 발로 걸어 내려갔다.

그 집을 선택한 단 하나의 이유는 금액에 비해 넓어서였다. 방이 두 개여서 잠을 자는 공간과 작업 공간을 나눌 수 있었고 작업 공간이 될 방은 엄마 집의 엄마 방만큼 컸다. 엄마 방이 뭐 그렇게 큰 방은 아니었지만 내 인생에서 가장 큰 방은 늘 엄마 방이었고 내가 그만 한 크기의 방을 작업 공간으로 갖게 된다는 걸 생각만 해도 나는 작업실을 가져야 할 만한 사람이 된 것 같았다. 사실 작업 공간이 따로 있어야 할 만한 이유는 없었다. 그때의 나는 노량진 공무원 학원에서 강의 촬영 일을 했고, 사진이나 그림을 좋아했어도 넓은 작업 공간을 따로 가져야 할 만큼은 아니었다. 이렇다 할 만한 시리어스한 이유를 찾지 못한 채 넓은 공간을 갖고 싶어 하는 건 인간의 본능 아니냐는 빈약한 최종 변론을 마치고 모두가 말리는 반지하를 선택했다.

빈방에 도착했다.

> 빈방은 이야기의 결말이 아니라 시작이야.
> 빈방을 갖게 된 후에야 비로소 태어나는 것들이 있어.

나는 내 집으로 이사하고 나서 새 가구를 사는 대신 동네 피아노 학원에 등록했고 디지털 건반을 샀다. 일이 끝나면 헤드폰을 뒤집어쓰고 도레도레미파미파솔파솔파미레미레 같은 피아노 기초를 연습했고 밤늦게까지 뭔가를 끼적이거나 그림을 그리거나 필름을 현상하면서 놀았다. 가끔 우리 집에 온 엄마는 피아노를 배우기 시작했다는 나를 기막혀했다. 아니 서른이 다 돼서 피아노를 배워 뭘 하겠다는 건지 너도 참 희한하다.

엄마, 내가 뭘 하겠다는 건 아니구…….

내가 되려는 것은 아무것도 아니야. 내가 가려는 데는 아무 데도 아니야. 지금 와서 내가 피아노를 친다고 뭐가 달라지겠어. 그냥 어릴 때부터 늘 피아노 치는 애들이 부러웠거든. 길고 하얀 손가락으로 건반을 누를 때 네모들이 만들어내는 둥근 소리들이 음악을 만들어낸다는 게 너무 이상하고 아름다웠어. 따뜻한 볕이 들어오는 오후, 친구 집 거실에 놓인 까만 피아노, 그 뚜껑을 열면 장미 같은 빨간색 천이 건반 위에 올려져 있는데 나는 그걸 걷어볼 수 없어, 피아노를 치지 못하니까. 나는 그냥 내 집에서 피아노를 치고 싶은 거야,

라고 말하지는 않았고 그냥 아 됐어 됐어, 하고 엄마를 돌려보냈다.

목적지가 불분명한 채로도 걷거나 달릴 수 있어. 그냥 슬슬 재미로 걷다가 어느 날에는 심장이 터질 것같이 달리면서도 목적지는 알 수 없는 일들이 많이 있었다. 목적지를 모른다는 것이 곤혹스럽고 부끄러웠고 목적지 같은 건 애초에 없다는 것을 알게 된 후에는 두려웠지만 그래도.

이상하지.
사는 게, 사는 게 너무 재밌어, 엄마.

엄마 방만 한 그 방에서 나는 매일 밤 혼자 헤매다가 언젠가 더 밝게 빛나는 생을 맞이하게 될 것 같았는데 그러지는 않았다. 아무리 1층 같아도 반지하는 반지하일 뿐.

해는 짧게 들어오는 둥 마는 둥 쉽게 그늘지는 단독

주택의 반지하. 화장실은 주인집의 마당에 있어서 똥 누러 갈 때마다 주인아저씨와 마주치지 않기 위해 주변을 살피고 가야 했다. 심지어 변기에서는 물이 나오지 않아 양동이에 따로 물을 받아 뒤처리를 해야 했다. 살면서 알게 되었지만 겨울에는 화장실 양동이의 물이 얼기 때문에 뜨거운 물을 끓여서 들고 가 얼어 있는 양동이의 물을 녹여야 하고 여름에는 변기에 꼽등이가 여러 마리 뛰어다니기 때문에 일 보기 10분 전에 미리 에프킬라를 가득 뿌린 후 사태가 진정될 무렵에 들어가야 한다는 것. 그 밖에도 집 안 내부에 세면대 없음, 샤워기 없음. 바닥에 보일러는 부분적으로만 깔려 있음.

그 모든 것을 기꺼이 감수했지만 비가 많이 오던 여름, 주인집의 담벼락이 내 거실 쪽으로 무너졌고 금이 간 거실 벽으로 스며든 물이 나의 살림살이를 모두 적신 뒤 우리는 안녕했다.

⁕

그 뒤로 이사한 집은 다세대 1.5층이었다. 그늘진 쪽이어서 빛이 들어오지 않는 것은 여전했지만 그래도 화장실이 집 안에 있었다. 작업 공간은 따로 없었지만 이미 그 집의 모든 공간이 내 작업 공간이었다. 혼자 사는 삶에 제법 익숙해진 나는 잠잘 자리만 대충 치우고 잠들었다가 일어나서는 모든 공간을 실컷 어질렀다. 버려진 첼로를 주워다가 내부에 조명과 스피커를 달아 오브제를 만들기도 하고 외삼촌에 대한 아트북을 만들겠다고 쇳가루를 사다가(왜?) 부식시키기도 했다. 낮에는 멀쩡한 얼굴로 출근해서 촬영 일을 하고 집에 돌아와서는 온갖 요상한 것들을 만드느라 시간 가는 줄 몰랐다. 그리고 나는 그게 너무 좋았는데 오래 가지는 못했다. 따뜻한 손을 가진 남친과 연애를 시작한 것은 초가을이었다.

남친은 손도 따뜻했지만, 작은 아파트 1층인 그의 집

에서는 깨끗하고 따뜻한 물이 언제나 콸콸 나왔다. 연탄보일러라서, 기름보일러라서, 가스비가 많이 나와서를 늘 생각해야 했던 나는 순식간에 콸콸 흘러나오는 따뜻한 물에 충격적으로 감동했다.

> 이 동네는 난방이 열병합 방식이어서 난방비가 많이 나오지 않아요. 열병합 발전소에서 버려지는 폐열을 이용해 온수를 만들고 그 열을 에너지 삼아 지역난방에 연결된 도시에 온수와 난방을 하는 거죠.

세상에, 그렇게 아름다운 방식이 있다니. 나는 열병합 방식의 집에 사는 사람과 사랑에 빠졌다. 그의 집은 내 집처럼 오만가지 요상한 것들이 가득 차 있지도 않았고 딱 필요한 것들이 있어야 할 곳에 있었다. 섬유 유연제 냄새가 은은하게 나는 집, 밝은색의 보송한 바닥, 하늘색 바탕에 구름 모양 벽지. 모든 게 밝고 따뜻하고 안정적이었다. 그래 이제 반지하의 목적 없는 달리기는 잊는 거야. 나도 이제 밝은 데서 열병합 방식으로 어른처럼 살 때가 된 거야.

나는 10년을 넘게 일한 노량진 학원가를 떠나 따뜻한 손을 가진 미지의 애인과 작은 카페를 차렸다. 카페에 별로 가본 적도 없는 내가, 캐러멜 마키아토와 카페 모카를 구분하지도 못하는 우리가 겁도 없이 카페를 차렸다. 카페 운영은 그렇게 향긋하고 달콤한 일만은 아니었다. 우리는 열두 시간씩 서서 일해야 했고(카페가 싫었다는 뜻은 아니다) 그 와중에 결혼식을 해야 했고(결혼하기 싫었다는 뜻은 아니다) 고단함 속에서도 아이를 낳아야 했다(아이를 낳기 싫었다는 뜻은 아니다).

모두 다 어느 정도 바라고 예상하던 일들이었는데 웬일인지 내가 가고 싶어 하는 만큼보다 조금은 더 센 힘으로 떠밀려 가는 느낌이 들었다. 애인은 순식간에 남편이 되었고 애들 아빠가 되었다. 우리는 빠르게 떠밀려 가면서 서로를 잃지 않도록 애썼다. 애쓰지 않으면 어딘가로 휩쓸려 가버릴 것 같았다.

나는 우리를 잃지 않으려 애쓰는 동안에도 이따금 그 지하 방을 그리워했다. 혼자 있을 틈 없는 긴 하루, 오늘이 끝나기 전에 시작되는 내일을 억울해하면서 캄캄한 새벽에 혼자 깨어나 서성이는 날들이 있었다.

이 집에 나는 없어, 온통 우리뿐이야.

작은 집은 점점 카페 짐과 아이들의 물건으로 그득했고 내 시간은 카페 일과 아이들을 위한 시간으로 채워졌지만, 비관하기 싫었다. 내가 너희를 어떻게 키웠는데, 나 하고 싶은 거 하나도 못 하고. 그런 말은 하기 싫었다. 이건 내가 선택한 삶이니까 나를 책임져야 하는 것은 가족이 아니라 나 자신이다. 해야 할 일을 하고 내가 하고 싶은 것도 할 거야, 그걸 잘 나눌 수 있어. 모든 걸 완벽하게 하려는 마음만 버리면 돼. 뭐 하나 제대로 하지 못한다는 걸 견디면서 점으로 선을 만들고 선으로

면을 만드는 것처럼 조금씩만.

어떻게 하면 그림 그릴 수 있을까, 온갖 잔머리를 굴려 가며 남매맘으로 진화한 나는 엄마의 행복이 아기의 행복이라는 말을 완전히 실감했다.

낮잠 시간이 되면 우선 아기를 재운다. 아기가 잠들면 서둘러 그림 그릴 준비를 한다. 얼마 지나지 않아 예민한 아기는 깨어나려고 한다. 아기가 깨어나 버리기 전에 아기를 안아 토닥이면서 책상 의자에 앉아 왼쪽 다리를 의자 위로 올리고 왼팔로 아기를 받친 뒤 왼쪽 가슴을 들춰 젖을 물린다. 젖을 문 아기는 다시 잠이 든다. 젖 물린 상태를 유지하고 오른손으로 남은 그림을 마저 그린다. 그렇게 작은 그림 하나가 완성되면 아기를 깨운다. 낮잠이 길면 밤잠이 어렵기 때문이다. 작은 그림을 완성한 나는 더 기쁜 마음으로 아기를 깨울 수 있다. 잘 잤쪄, 우리 애기, 엄마 그림 그리라고 코 잤쪄.

내가 하고 싶어 하는 것을 잃지 않을게. 네 덕분에 난

행복해. 그건 내가 엄마에게 듣고 싶었던 말이기도 했다. 엄마는 가난한 노동자의 아내였지만 현장 사고로 남편을 잃고 스물아홉에 과부가 되었다. 혼자 어린 딸을 키워야 하는 엄마의 한 서린 울음을 들을 때마다 그 슬픔이 나 때문이 아니기를 얼마나 바랐는지 모른다. 그래서 나는 네 덕분에 행복해. 너를 안으니까 따뜻해. 네가 좋아. 고마워. 사랑해. 아이들에게 그런 말을 많이 했다. 물론 그런 말만 하진 않았고 으아아아악 불도 많이 뿜었다. 살면서 고생을 할 만큼 했다고 생각했는데 육아는 정말 너무 어려웠다. 그래서 더 그림 그리는 것을 잃지 않으려고 안간힘을 썼다.

*

그러던 어느 날 내게 작업실이 필요한 일이 생겼다. 제법 많은 그림을 그려서 전시해야 하는 기회가 생긴 것이다. 서양화를 전공한 남편의 은사님이 학교 내 교

수회관에 전시를 해보지 않겠느냐는 제안을 주셨다. 은사님의 제안이었기 때문에 내가 따로 남편을 설득할 필요도 없었다. 오히려 남편의 적극적인 지원과 격려 속에서 결정할 수 있었다. 내가 그런 걸 할 수 있을까, 두렵고 캄캄했지만 경험도 업적도 없다는 게 오히려 용기가 됐다. 어떤 일을 할 수 있을지 고민이 될 때 나는 두려워 벌벌 떨면서도 기어이 문을 열어보게 된다. 안 해보면 모르는 거야, 문을 닫는 건 열어본 뒤에야 할 수 있다. 열지도 않은 문을 닫을 순 없으니까.

부동산을 통해 찾아간 곳은 아파트 앞 오래된 상가 구석에 있는 작은 창고였다. 식품매장 점포에서 창고로 쓰던 칸이었는데 보증금 500에 월 25였다. 1년만 빌리면 돼. 1년이면 300만 원. 300만 원은 적지 않은 금액이지만 그렇다고 아주 크지도 않은 금액이다. 내가 나를 위해서 1년에 300만 원 쓴다, 그래도 될까? 가늠이 잘 되지 않았다. 300만 원 가질래? 1년간 작업실 가질래? 라고 물으면 당연히 작업실이라고 대답할 수 있는데 생활비를 헐어 300만 원을 내 작업실을 위해 쓴다고 생각하니까 어렵게 느껴졌다.

그만 생각하자. 그냥 결정해야 해.

창고는 1층이었지만 경사 아래에 있어서 반지하처럼 빛이 거의 들어오지 않았다. 나는 거길 보자마자 계약하겠다고 했다. 빛이 거의 들어오지 않는 게 마음에 들었다. 아무것도 없이 텅 비어 있는 게 마음에 들었다. 그곳은 내게 그림을 그리라고 주어진 방이었다. 마음에 들지 않을 게 없었다. 재활용센터에 들러 의자를 사고 그림 재료들을 옮겼다. 딱 그림 그리는 데 필요한 물건들만 들였다. 1년 후에는 사라질 공간이야. 너무 생활처럼 여기지는 말자, 그런 마음으로 난방기도 선풍기도 들이지 않았다. 그해 여름은 지독하게 더웠다. 땡볕 아래서 숨을 쉬면 내 숨이 공기보다 차갑게 느껴질 정도였다. 거기서 나는 땀을 흘리며 그림을 그렸다. 그림을 그리느라 땀을 흘린다는 게 좋았다. 어린이집에 아이들을 데리러 가기 전 작업실 불을 끄고 방을 둘러보는 순간이 너무 좋았다. 어두운 벽에 기대어 있는 캔버스의 실루엣, 테레빈유 냄새, 아직 손에 묻어 있는 물감. 우리 마누라 작업하는 거 재밌구나? 남편이 기분 좋은 얼굴로 물어보면 쑥스러워서 숙인 채로 웃었다.

전시 오픈 전날 밤늦게까지 그림을 그리고 당일 이른 아침 모든 그림을 차에 실어 보냈다. 아— 이 느낌 뭔지 알아, 죽을 것같이 진통하는 동안 나를 가득 채웠던 뜨겁고 물컹한 존재가 순간에 훅 빠져나가 버리는 느낌. 갑자기 춥고 헐거워지는 거.

울지도 않았는데 울고 난 기분이 들었다. 작업실은 바로 정리했다. 계산을 잘못했다는 걸 알았다. 내가 1년간 작업실을 사용하는 데 필요했던 비용은 300만 원이 아니라 2300만 원이었다. 처음에 작업실을 계약하고도 한두 달은 작업실에 가보지도 못했다. 카페 일과 육아 사이에서 도무지 작업실에 갈 시간이 나지 않았다. 내가 일하지 않고 작업실에서 그림을 그릴 때 카페 일을 해줄 직원이 필요했고 그의 1년 치 급여는 고스란히 가계에 부담으로 남았다.

작업실 문을 조용히 닫고 돌아섰다. 이제는 집으로 돌아갈 시간이었다. 문을 닫고 집으로 돌아가는 나는 문을 열기 전과는 조금 다른 사람이 되어 있었다. 낡은 벽지 위에 아이들의 키가 여러 개의 수평선을 만들었던, 우리밖에 없었던 작은 집. 거기서 공벌레처럼 웅크리고 작은 그림만 그리던 나는 좀 더 멀리— 수평선 너머에 대해 생각하기 시작했다.

우리의 첫 집은 전용면적 49제곱미터의 작은 복도식 아파트였다. 방이 두 개였지만 하나는 너무 작아서 옷가지와 물건들이 쌓인 큰 수납장 같았다. 우리는 한 방에서 처음엔 둘이, 그다음엔 셋이, 그리고 넷이 8년간 살았다. 묵직한 세간을 사야 할 때마다 진짜 우리 집은 다른 어딘가에 있기라도 하다는 듯이 나중에, 이사 가면, 방 생기면— 그런 말로 미루면서 여행자들처럼 엉성하게 8년을 살았다.

이사 후 나의 방이 생긴 것은 2020년 3월이다. 세 개의 방 중 가장 작은 방 하나가 내 방이 되었다. 여기는 엄마 방이야, 아이들은 놀러 온 친구들에게 내 방을 소개한다. 내 방에 들어온 아이들은 우와— 한다. 여긴 별거 별거 다 있네요. 그래? 나는 기쁨을 숨기지 못한다. 나는 이 방에서 퇴근드로잉을 그렸고, 내 첫 그림책《백살이 되면》을 그렸다. 여기서 그린 그림들은 상품을 홍보하기도 했고 책의 표지가 되기도 했다. 해 뜨기 전에 깨어나면 커피를 내려 제일 먼저 들어오는 방. 벽에 내 그림이 빼곡하게 붙어 있고 늘 테레빈유 냄새가 나는 방. 우리 집에서 가장 어질러져 있는 방. 그래도 식구들이 가장 좋아하는 방.

내 그림에 대해서 사람들에게 제일 많이 듣는 말은 "그림이 따뜻하네요"였다. 그 말을 들을 때마다 나는 내 그림이 열병합 방식이어서 그런가 보다 생각한다. 일과 육아가 끝나고 버려지는 폐열을 이용해 온수를 만들고 그걸로 그림 그리나 보다 생각한다. 하지만 이 집도 몇 달 후면 연장한 전세 기간이 끝난다. 우리는 다시 다른 곳으로 이사를 가야 할 수도 있다. 전세를 다시 연장하게 된다고 해도 내 방은 작은아이의 방이 될 것이다. 지하 방에서 밤마다 도레도레 연습했던 그 건반이 이제는 아이들의 몫이 된 것처럼. 이제 아이들도 각자 자기만의 방을 가져야 할 만큼 자랐다. 이 글을 쓰고 있는 여기 내 방도 곧 안녕이다. 그렇지만 이 이야기는 이렇게 끝나지 않는다.

나는 며칠 전 새로운 작업실의 계약서를 썼다. 9평 오피스텔의 4층. 보증금 1000에 월세 40. 관리비 별도. 난방은 열병합 방식.

그 방에 처음 들어갔을 때 벽에는 크로아티아의 두브로브니크 항구가 그려진 아치형 포스터가 붙어 있었고 그 아래 키보드가 있었다. 음악 하는 청년이 살고 있다

나 봐, 살림도 없고 깨끗하게 썼네, 그쵸? 부동산 아줌마의 물음에 네, 저 여기 계약할게요. 바로 대답했다.

그는 자기가 쓰던 전자레인지와 MDF 식탁을 내게 쓰겠냐고 물었고 나는 쓰겠다고 했다. 그가 이사하고 나서 비워진 집의 벽에는 그 포스터가 여전히 붙어 있었다. 그는 어쩌면 이제 이 방을 떠나 정말 두브로브니크 항구로 간 것인지도 모르겠다는 생각이 들었다. 나도 이 방을 떠날 때 방 벽에 붙여둔 어딘가로 떠나게 된다면 좋겠다고도 생각했다.

아니, 다시 집으로 돌아가거나 이제 그림 같은 건 더는 그리지 못하게 됐어, 그런 말을 하면서 이 방을 떠나게 될 수도 있지. 역시 두렵다. 그래도 열어봐야 아는 거니까.

이 방이 이제부터 내가 그릴 이야기의 시작이다.

가장 작은 방에서 짓는 것들

옷은 어쩌면 가장 작은 자기만의 방일지 모른다.

내가 지은 옷이 누군가에게

그런 방이 될 수 있다고 생각하면 힘이 난다.

고운

고운

양장점 '리틀스티치'를 운영하며 작은 방에서 옷을 짓는다.
실과 글이 지나간 자리를 사랑한다. 그림책《두 여자》를 옮겼고,
사랑, 기쁨, 바다, 세 아이와 심장을 나눠 가졌다.

밤의 방으로부터

앞으로 세 걸음, 오른쪽으로 일곱 걸음. 이 짧은 걸음의 끝에 그곳이 있다. 어둠 속에서도 헤매지 않고 찾을 수 있는 나의 좌표. 모두 잠든 밤, 나는 고양이처럼 기척을 지우며 몰래 안방에서 빠져나온다. 쫑긋 귀를 하고 숨을 죽인 채로 재빠르게 내 방으로 들어온다. 5인 가족이 사는 30평 아파트의 제일 작은 방. 이 방이 오롯이 나만의 방이 되려면 참을성 있게 기다려야 한다. 소란한 낮을 지나 밤이 올 때까지, 밤이 충분히 깊어지고도 더 깊어질 때까지.

방에 들어서면 정면으로 보이는 것은 창이다. 지는 해와 신새벽 보름달이 걸리는 서방의 창. 낮에는 이 창으로 오봉산과 양산천이 보인다. 산과 하천 사이 평지에는 채도가 다른 붉은 지붕의 집들이 오밀조밀 모여 있고, 강변에 심긴 메타세쿼이아 나무 그림자가 강물 위로 너울거린다. 구름떼가 느릿느릿 지나간다. 아둥바

등하지 말고 그냥 이대로 흘러가 볼까. 낮의 창가에서 하는 생각은 대개 그런 것이다. 그러나 밤이 오면 풍경은 희미한 어둠 덩어리가 된다. 낮 동안의 느긋함도 어둠과 뒤섞여 사라진 지 오래다. 또렷한 건 불빛뿐. 지하철역의 푸르스름한 비상구등, 빠르게 사라지는 자동차의 헤드라이트, 낯선 이의 방에서 새어 나오는 창백한 빛. 그 순간에는 별수 없이 매번 외로워진다. 잠들지 못하고 깨어 있는 누군가가 반가울 만큼. 반가워서 집 어딘가에 있을 손전등을 꺼내 불빛을 깜박이고 싶을 만큼. 밤의 방은 그런 엉뚱한 상상을 받아줄 만큼 너그럽다. 그러나 내게 필요한 건 손전등보다 밝은 빛이다. 톡. 스위치 소리와 함께 불이 켜진다. 접혀 있던 방이 펼쳐진다. 어둠이 밀려 나간다. 가장 먼 바다로 가는 파도처럼.

가끔 이 외로움은 어디서 오는 걸까 생각한다. 밤의 정적 때문인지도 모른다. 닫힌 창문, 경직된 몸, 숨죽인

호흡. 정지 화면처럼 어둠 속에 우두커니 선 내 모습은 호퍼의 그림 속 인물들과 닮은 얼굴을 하고 있을 것 같다. 물론 이것은 내가 마주하기를 자처한 외로움이다. 이 외로움을 떠안지 않으면 더 큰 외로움을 감당해야 하므로.

지난 2년간 가족을 제외하고 내가 5분 이상 이야기를 나눈 사람은 전화 통화를 포함해도 손에 꼽을 정도다. 원래도 운신의 폭이 좁은 사람이 집에서 혼자 일하니 어찌 보면 당연한 결과일 것이다. 지금 하는 일마저 그만둔다면 그땐 정말로 고립무원이 되겠지.

나는 늘 세상과의 연결고리가 약하다고 느끼며 살았다. 내 안의 세계에만 몰두하느라 다른 것들은 보려 하지 않았고, 세상은 그런 내가 어떻게 살아도, 어떻게 죽어도 상관하지 않는 것 같았다. 그게 편할 때도 있었지만, 한편으론 외로웠다. 어쩌면 세상이 나를 좀 더 봐주기를 내심 바랐는지도 모르겠다. 내가 가진 것 혹은 잃어버린 것을 알아봐줄 누군가를 평생 기다린 것처럼.

나는 이름 없는 외딴섬이었고, 바다는 고요했다.

그러던 어느 날 유리병 편지가 도착했다. 수상할 것 하나 없는 보통의 유리병 속에는 천 조각과 바늘, 실이 들어 있었다. 마지막으로 바느질을 한 게 언제였는지도 기억나지 않지만, 바늘 잡은 손은 춤을 추듯 움직였다. 작은 천 조각들을 이어 돛을 만들었다. 손바닥만 한 돛이었지만 돛을 단 섬은 배가 되었다. 답장을 쓰는 대신 섬에 이름을 지어주었다. 돛을 이은 바늘땀만큼이나 작은 이름이었지만 그것으로 충분했다. 내게는 이름이 있고, 아직 답장을 쓰지 않은 편지가 있다. 이름 불러줄 이를 찾자. 때마침 어디선가 바람이 불어왔고, 한때 섬이었던 배가 천천히 움직이기 시작했다. 2017년 여름이었다.

바다는 종잡을 수 없었다. 어떤 날은 상냥하고, 어떤 날은 사나웠다. 넓은 바다에서 갈 곳을 모르고 헤맬 때면 불안해서 자주 눈물이 났고, 달빛 고요한 밤바다에 홀로 서 있을 때면 다시금 외로워졌다. 그래도 예전과는 달랐다. 저 멀리 내 이름을 기억하고 불러주는 이들이 있었다. 수많은 사람들 가운데서 우리는 서로를 발견했다. 그러기 위해 태어난 사람들처럼 마음을 내어주고, 사랑의 말을 아끼지 않았다. 그들을 생각하면 나와 세상의 연결이 선명해졌다. 따뜻하고 충만했다. 돌아보면 내가 떠나온 곳은 아득히 멀었다.

먼바다에서 내 방은 작지만 튼튼한 배가 되어주었다. 나만의 공간에서 오롯이 혼자였던 시간 덕분에 타인에게로 힘껏 건너갈 수 있었다. 고독은 융합되고자 하는 갈망이기도 하니까.* 바다 저편 나의 발신인이자 수신인들과 연결되고 싶은 마음이 한밤중에 나를 깨어 있게 한다. 캄캄한 밤, 나의 골방에서 나는 바늘에 실을 꿰고 조각들을 이어 부지런히 돛을 만든다. 튼튼하게, 이왕이면 아름답게.

* 올리비아 랭, 《외로운 도시》, 김병화 옮김, 어크로스 2017.

*

박연준 시인은 옷은 나만이 머무는 작은 방이며, 그 안에서 내 몸과 정신이 하루를 같이 산다고 썼다.* 처음 이 문장을 읽었을 때 옷에 대한 내 생각과 꼭 들어맞아서 좀 놀랐다. 그즈음 '옷은 어쩌면 가장 작은 자기만의 방일지 모른다'라는 문장을 쓴 참이었다. 시인(의 친구)과 같은 생각을 하다니. 어쨌거나 나 혼자만의 생각이 아니라는 게 기뻤다. 옷은 종종 허영이나 치장을 위한 사치품으로 여겨지고, 패스트 패션과 의류 폐기물은 심각한 환경문제니까. 매일같이 쏟아지는 신상과 버려지는 멀쩡한 옷들을 보면 나까지 보태고 싶지 않아 마음이 무겁고 위축되었다. 그럴 때 시인의 문장을 생각하면 시들하던 마음이 물 먹은 나무처럼 살아났다. 내

* 박연준, 《모월모일》, 문학동네, 2020.

일에 대해 든든한 격려와 인정을 받은 기분이랄까.

내 방을 둘러본다. 크고 무거운 재봉틀이 자리를 차지하고 있어도 작업실보다는 아늑한 다락방 느낌이 많이 든다. 공간을 계획할 때 일의 효율이나 동선을 특별히 고려하지 않았다. 그보다는 다정했으면 했다. 내 방은 내게 가장 많은 영감을 주는 곳이자 내가 만든 것, 내가 좋아하는 것들이 살고 있는 작은 세계이므로. 아무리 슬프고 화나는 일이 있어도 일단 방에 들어서면 마음이 누그러졌다. 내 마음 알아주는 이 하나 없이 외로울 때도 방은 말없이 내 편이 되어 등을 토닥여 주고, 쉴 곳이 되어주었다. 공간이 주는 힘에 기대어 언제든 편안하고 따듯한 작업들을 할 수 있었다.

내가 지은 옷이 누군가에게 그런 방이 될 수 있다고 생각하면 힘이 난다. 만난 적 없지만, 자주 슬프고 가끔은 무서운 세상을 함께 살아가는 이들에게 아늑하고 따듯한 옷을 정성껏 지어주고 싶다. 소박하면서 아름다운 옷. 입으면 기분이 좋아지고, 마음이 편안해지는 옷. 오래오래 머물 수 있는 옷. 멀리 가지 않고도 앉은 자리가 좋은 곳이 되는 옷. 가장 나다워지는 옷. 그런 옷을 짓고 싶다. 감사하게도 이런 내 바람이 찾아주시는 손님들에게도 전해지는 것 같다. 종종 들려오는 소식들에 마음이 놓이는 것을 보면 말이다.

한때 나는 잘 맞지 않는 옷을 입고서 불편하고 불안한 삶을 살았다. 내게 삶은 누군가의 바람과 기대에 부응하는 것이었지 내가 바랄 수 있는 것이 아니었다. 꿈꾸는 법을 잊었고, 나를 미워했고, 그 대가로 안정된 직장과 안락한 삶을 얻었지만 기쁘지 않았다. 결혼을 하고 배 속에 아이를 품자마자 도망치듯 육아휴직을 냈다. 집 밖으로 나가지 않고 안으로만 파고들었다. 나를 잊고 아이만 바라보았다. 바느질을 하기 전까지 그랬다. 온통 아이만 있던 세상에 바느질은 커다란 창이 되었다. 이따금 창으로 바람이 불면 고개를 들어 창 너머를 바라봤다. 그때마다 잊었던 나를 기억해 냈다.

고백하건대 나는 내가 아는 사람 중에 가장 거울을 보지 않는 사람이었다. 거울 속에는 내가 보고 싶은 것이 없었다. 오히려 보고 싶지 않은 것이 늘 보였다. 혼자 있을 때조차 어딘가 부자연스럽고, 지나치게 눈치를 살피고, 나와 마주하기를 두려워하는 내가. 옷을 만들어 입기 시작하면서 거울 앞에 서서 나를 마주하는 시간이 늘었고, 평생 불편할 것만 같던 그 일이 그럭저럭 할 만한 일이 되었다. 내가 만든 옷을 입은 나는 편안한 얼굴이었다. 즐거워 보이기도 했다. 잘 맞는 옷을 입는 것만으로 나로 살아가는 일이 한결 수월해진다는 걸 그제야 알았다.

내게 맞는 옷을 찾아가는 동안 나를 발견하는 일이 즐거웠다. 나는 색채나 프린트가 화려한 것보다 원단 고유의 결이나 짜임을 좋아하고, 장식보다 장식 없는 쪽을, 과감한 도전보다 익숙한 것을 실수 없이 잘 해내는 일에 즐거움을 느끼며, 세련된 것보다 소박한 것에 끌리고, 나를 드러내는 옷보다 어디서든 숨을 수 있는 보호색 같은 옷을 좋아한다. 예전에는 깊이 생각해 보지 않았던 것들을, 옷을 짓고 스스로 결정해야 하는 것들이 많아지면서 차츰 알아가게 되었다. 내가 무엇을 좋아하는지 좋아하지 않는지 또 내가 어떤 사람인지. 나의 고유함에 대해 생각하는 것은 나를 존중하는 일로, 그리고 타인을 이해하고 존중하는 일로 이어졌다. 우리는 모두 고유한 존재들이므로.

옷에는 고유한 사람들의 고유한 이야기가 담긴다. 손수 만든 옷은 크고 튼튼한 보따리가 되어 이야기를 수집한다. 내 일의 좋은 점이라면 다른 이들의 이야기도 내 이야기보따리에 함께 들어간다는 것이다. 내 옷을 나보다도 좋아해 주고, 계절이 돌아올 때마다 잊지 않고 새 소식을 들려주는 고마운 사람들. 편집자 O에게 지어준 '봄봄' 원피스는 제주의 숲에서 출판사의 첫 그림책《섬 위의 주먹》화보 촬영(!)을 함께 했다. 친구 M은 함께 이름 지은 '데이지 왈츠'를 입고 데이지 꽃밭에서 꽃보다 환한 웃음을 선물해 주었다. 다정한 손님 솔

비 씨는 얼마 전 '오래된 편지'를 입고 웨딩 촬영을 했다고 한다. 친구들이 필름 카메라로 찍어주었다는 그 사진들은 긴 세월이 지나면 정말로 오래된 편지가 되어 있겠지. 내가 만든 옷을 입으면 의상실을 하셨던 엄마 생각이 난다는 정은 씨의 '여름의 섬'은 유난히 따뜻했다. 우리가 주고받은 마음의 온도도 언제나 여름의 그것.

나누고 싶은 따뜻한 이야기들이 옷장을 채우고 있다. 내가 특별히 따뜻한 사람이라서가 아니라 여러 사람들의 온기가 더해져서 그렇게 되었다. 손으로 만든 것에는 마음을 어루만지는 무언가가 있다. 말랑말랑하고 보드라운 아기 볼을 만지거나, 무릎 위 고양이를 쓰다듬을 때처럼 뭉근하고 뭉클한 것. 아이들이 그린 엉뚱하고 아름다운 그림을 볼 때나 기다린 줄도 모르고 기다렸던 문장을 만날 때처럼 때론 시큰하고 저릿하기도 한 것. 그 작은 신비가 무미건조한 일상에 색을 입히고 생기를 돌게 한다. 너무 좋아서, 나만 좋은 것으로 그치지 않고 다른 이들과 나누고 싶어진다. 좋은 것을 함께 좋아하고 싶은 귀하고 기특한 마음. 신기하게도 함께 좋아하는 이들이 많아질수록 더 많은 것을 더 깊이 좋아하게 되었다. 좋아하는 마음은 불편한 것과 가리는 것이 많아 한껏 좁아진 나의 세계를 조금씩 넓혀주었다. 나로 충분했던 가장 작은 방에서 타인의 방으로, 그 너머로.

무엇이 되지 않은 채로

나는 어디까지 갈 수 있을까. 바다는 나를 어디로 데려갈까. 질문들 앞에서 조급하고 불안한 마음이 들 때면 버지니아 울프의 문장을 떠올린다. 《자기만의 방》에서 울프는 위대한 시인이 우리(여성) 안에 살아 있다고, 그녀가 새롭게 태어날 수 있도록 우리가 노력한다면, 비록 세상의 인정을 받지 못한 채 가난 속에서 기울이는 노력이라 할지라도 가치가 있다고 썼다. 내 일의 가치도 거기에 두고 싶다. 위대하지도 않고 시인도 아닌,

그러나 아직 태어나지 않은 내가 내 안에 살아 있다는 것. '그녀'가 새롭게 태어날 수 있도록 돕고 싶었다.

그러나 현실은 아이들을 돌보는 것만으로 벅찰 때가 많았다. 내게는 한참 자라는 아이들이 셋 있다. 세 아이와 함께하는 일상은 별다른 일 없이도 분주했다. 오전에는 첫째와 둘째를 학교와 유치원에 보내고, 셋째를 돌보며 틈틈이 집안일을 한다. 오후에는 귀가 시간이 제각각인 아이들을 집으로 데려와 남편이 퇴근하기 전까지 아이들과 시간을 보낸다. 그날 있었던 일을 이야기하고, 간식을 챙기고, 산책을 한다. 남편이 집에 오면 함께 식사 준비를 하고, 저녁을 먹고 나면 육아 교대를 한다. 내가 일하는 동안, 남편이 아이들을 돌본다. 주말에도 특별한 일정이 없으면 남편의 도움을 받아 평일에 못다 한 작업들을 한다.

작업 중에도 아이들은 수시로 방에 드나들며 엄마를 찾는다. 내 몫의 집안일도 제때 해야 한다. 작업 시간은 쪼개지고 집중력은 흐트러진다. 때론 내가, 때론 남편이 고충을 토로한다. 그럴 때면 작업이 중단되고 우리는 이미 몇 번이고 나눈 이야기를 또 나눈다. 이번에는 더 나은 결론에 도달하길 바라면서. 지난 10년간 우리 부부는 이 주제에 대해 많은 이야기를 나눴다. 그 과정이 결코 순탄하진 않았지만 그때그때 주어진 상황에 맞게 합의점을 찾아왔다. 내 방은, 물리적 공간뿐 아니라 그 공간에서 보낼 수 있는 시간의 양과 질에 있어서도 모두 투쟁으로 얻은 것이다. 가족들에게 사랑과 이해와 도움을 구하면서. 간절함으로.

기혼 여성, 특히 자녀가 있는 여성이 자기만의 방을 가지는 것은 100년 전이나 지금이나 드문 일일 것이다. 때론 방을 가지는 것이 내 고집이나 욕심처럼 보였다. 남편을 설득하면서 사실은 나 자신을 설득하고 있다는 느낌이 들 때면 아무것도 하지 않는 게 옳은 것처럼 보이기도 했다. 그러나 내게 다른 선택지가 있었을까? 내가 지키고 싶은 건 최소한의 자유였다. 읽고 있는 책들을 쌓아둘 자유, 일기나 편지를 숨기지 않을 자유, 일할 자유, 일하지 않을 자유. 자유를 위한 자리가 내게 필요했다. 결국 서재로 쓰던 방을 비워 내 자리를 만들었다. 앞서 말한 자유들이 방이라는 공간에서 자라나 사방으로 가지를 뻗어나갔다. 방이 없었다면 나는 내게 아무것도 해줄 수 없었을 것이다.

내 책상 앞에는 두 장의 편지가 붙어 있다. 두 딸이 각각 다른 시기에 써준 것인데, 두 편지가 퍼즐 조각처럼 꼭 들어맞는 모양이라 나란히 붙여두었다. “엄마 일도 중요해. 엄마도 우리 가족을 먹여 살리고 있어. 정말 고마워.” 이건 큰딸의 편지. “항상 같이 있어줘서 고마워. 아플 때도 슬플 때도 기쁠 때도 외로울 때도 화낼 때도 고마워.” 이건 작은딸의 편지. 두 편지는 내게 소중한 것들을 앞으로도 쭉 소중히 여겨도 좋다는 딸들의 응원 같다. 엄마로서의 나와 직업인으로서의 나는 자주 충돌하지만, 이 고마운 사랑 앞에서는 어떻게든 화해할 방법을 찾으려 애쓰게 된다. 우리는 사랑 안에 있어. 우리는 함께 자라고 있어. 육아도 일도 제대로 하는 것 없이 우왕좌왕하는 것처럼 보이는 순간에도, 사실은 있는 힘껏 삶을 아끼고 사랑하고 있는 거라고. 그렇게 나도 나를 응원해 주고 싶다.

사실 나는 내 딸들처럼 엄마에게 살갑게 굴지 못했다. 고맙다는 말도, 사랑한다는 말도 제대로 해본 적 없었다. 삶이 팍팍할수록 그런 말이 힘이 된다는 걸 그때도 알았더라면 좋았을 텐데. 엄마는 쉬지 않고 일했다. 밤까지 일하고, 휴일 없이 일하고, 집에서도 일했다. 가정 부양의 주체도, 가사 노동의 주체도 엄마였기 때문이다. 엄마는 말이 많은 사람은 아니지만, 어린 시절 이야기는 곧잘 들려주었다. 할아버지가 다섯 남매 중에 첫째인 엄마를 제일 예뻐해서 외출할 때면 늘 엄마를 데리고 다녔던 것, 공부를 잘해서 상고에 입학했던 것, 도시로 나와 자취를 하며 고등학교 행정실에서 일했던 것. 그런 이야기들을 들려줄 때의 엄마는 즐거워 보였다. 유년 시절의 엄마도 마냥 신기했지만, 결혼 전의 엄마는 도무지 상상이 되지 않았다. 방이 있는 엄마. 퇴근하고 방에서 혼자 시간을 보내는 엄마. 엄마가 아닌 엄마. 내가 모르는, 몰라도 된다고 생각했던 엄마. 이제는 물어보고 싶어도 어색하고 미안해서 입이 잘 떨어지지 않는다. 엄마 방은 빛이 잘 들었는지, 창밖 풍경은 어땠는지, 책상은 있었는지, 무얼 하며 시간을 보냈는지 그런 것들을 물어볼 수 있다면 좋을 텐데. 엄마 방을 본 적 있다면 조금은 알 수 있지 않았을까. 내가 사랑하고, 알아야 하는 엄마가 어떤 사람이었는지.

내 아이들은 엄마 방에 대한 기억을 품고 자랄 수 있어 다행이다. 우리 집에서 엄마 방이 제일 좋다고 말해주는 아이들. 큰딸은 내 방 소파에서 창밖을 바라보는 것을 좋아하고, 작은딸은 원목 스툴에 앉아 수다 떨기를 즐긴다. 막내는 내 방을 제 방처럼 여기며 장난감을 늘어놓곤 한다. 가끔은 아이들이 내 책상에서 그림을 그리거나, 다 함께 바닥에 둘러앉아 손바느질로 인형을 만들기도 한다. 훗날 우리가 함께 그리워할 한 시절이 이곳에 있다. 도란도란한 날도, 아웅다웅한 날도, 함께 애쓰고 다독인 날들도 모두 나쁘지만은 않은 기억이라면 좋겠다. 요즈음의 내 화두는 언제 어떻게 방을 뺄 것인가 하는 것이다. 아이들에게 내 방을 내주는 날, 나도 새 자리에서 새롭게 시작할 수 있도록 준비 중이다. 저마다의 자리에서 더 자유롭게 사랑하고 유영할 그날을 매일 설레는 마음으로 기다린다.

*

엄마는 커서 뭐가 되고 싶어? 언젠가 아이들이 물었다. 이젠 내게 그런 것을 묻는 이가 없으므로 물어준 아이들에게 새삼 고마우면서도 선뜻 답이 떠오르지 않았다. 엄마는 이제 다 컸는데? 대답 아닌 대답을 하며 웃어 넘겼지만 혼자 있을 때면 불쑥 생각이 났다. 같은 질문을 마지막으로 들었을 때가 열여덟 살이었고, 그때 내 대답은 글 쓰는 사람이었다. 내게 질문했던 친구는 영화를 만들고 싶다고 했고, 우리는 비밀을 나눠 가진 사람들이 그렇듯 급속도로 가까워졌다가 학년이 올라가면서 자연스레 멀어졌다. 이후로 대학에서 영어 교육을 전공했고, 졸업 후엔 학교에서 아이들을 가르쳤고, 지금은 글 대신 옷을 짓는다. 글 쓰는 사람과는 거리가 먼 삶을 살면서도, 그것을 생각하면 마음 한구석에서 반짝 빛이 났다. 햇살 좋은 창가에서 방금 전까지 읽고 있던 책처럼, 먼지 한 톨 쌓이지 않고 여전히 펼쳐져 있는 책장에선 금방이라도 빛나는 이야기가 이어질 것만 같았다.

그리고 정말로, 이야기가 다시 시작되었다. 실을 엮어 띄우던 나의 작은 바다에 어느 날 새로운 유리병 편지가 도착했다. 유리병을 열었을 때, 아주 오래전 이곳이 아닌 어딘가에서 서툴게 날려 보낸 종이비행기가 이제야 당도한 듯 눈앞이 환해지고 눈물이 쏟아졌다. 2021년 번역 출간한 그림책 《두 여자》는 어떤 우연들이 겹쳐 기적처럼 내게 온 유리병 편지였다. 밤의 방에 실과 바늘이 아닌 폴란드어와 영어와 우리말이 서로 포

개어졌다가 멀어지고, 밀려왔다가 밀려갔다. 말들이 지나간 자리에서 가장 마음에 드는 모양의 돌멩이를 줍듯 단어를 고르고 문장을 옮겼다. 주운 돌멩이들로 심장을 만들었다. '글과 실이 지나간 자리를 사랑한다'라는 문장이 그 심장에 새겨졌다. 멀다고 믿었던 두 세계가 한 문장 안에 나란히 엮였다. 탄탄하고 아름다웠다. 오래전에 내가 꿈꿨던 그런 모습은 아니지만, 무엇이 되지 않은 채로도 글과 함께할 수 있었다. 이 글을 쓰는 지금도 그렇고, 앞으로도 높은 확률로 그럴 것이다. 이 이야기가 끝나지 않고 계속되기를 바라니까.

시간이 더 흐르고 지금보다 더 자라면, 나도 뭔가가 되어 있을까? 어쩌면 그 무엇으로 나를 명명하지 않고, 무엇에도 만족하거나 충족되지 않고, 그저 나로 살아가게 될까. 목적지가 없어도 어떤 날은 길을 잘못 든 것 같고, 또 어떤 날은 길이 아예 보이지 않는다. 이대로 영영 헤맬 것 같은 불길한 예감마저 든다. 그럴 때라도 낙담

하고 포기하지 않는 것. 계속해 나가는 것. 지금 내가 바라는 건 그 정도다. 어쩌면 절반쯤은 이뤘는지도 모르겠다. 불확실함과 어긋남 속에서도 좋아하는 마음 하나로 여기까지 왔으니까. 다행히도 이 세상엔 아직 좋아할 만한 것들이 많이 있고 내겐 나누고 싶은 이야기가 많이 남았다. 그러니 알 수 없는 미래에 무엇이 될지 고민하는 일은 조금 미뤄두고, 오늘 할 수 있는 일을 해야지. 내 손끝에서 난 것들이 나와 연결된 이들에게도 이 세상을 좋아하는 사소한 이유가 되기를 바라며 오늘도 내 작은 방에서 옷을 짓고, 뜨개를 하고, 실을 엮는다. 책을 읽고, 글을 쓴다. 뜨거운 차를 호호 불어 마신다. 조금 외롭고 조금 씩씩하게. 누군가에겐 사소하다 못해 시시한 일이겠지만 내게는 나를 지키는 매일의 의식과도 같다. 이 넓고 넓은 우주에, 이런 나를 위한 방 한 칸이 존재한다. 그 사실만은 언제나 조금도 시시하지 않다.

한 뼘쯤 열려 있는 문틈 사이로

무언가 자꾸 새어 들어오고 다시 새어 나간다.

사랑하는 사람의 인기척, 목소리, 불빛, 사랑, 관심.

휘리

휘리

이름 휘리는 '아름다울 휘徽, 잉어 리鯉'로
어머니의 태몽에서 비롯됐다. 연못의 아름다운 잉어처럼
자신의 세계에서만큼은 자유로이 유영하는 존재가 되고 싶다.
그림책《허락 없는 외출》,《곁에 있어》,《잊었던 용기》를 쓰고 그렸다.

-

내 방이 처음 생긴 건 여섯 살 때 일이다. 안방 겸 거실 겸 부엌 겸 방이었던 단칸에서 나란히 자던 세 사람은 다섯 사람이 되었다가, 다시 네 사람이 되어 방 세 개짜리 집에 살게 되었다. 그 세 개의 방은 두 사람, 한사람 또 한 사람의 방이 되었다. 이별과 만남이 뒤섞이는 시기에 생긴 나의 첫 '자기만의 방'. 엄마는 처음으로 내 방을 만들어주며 말했다. "우리가 항상 이야기 나눌 수 있도록, 방문을 완전히 닫지 말자. 방문을 한 뼘 정도 열어두면, 언제나 서로에게 말을 걸고 얼굴을 볼 수 있는 거야." 여섯 살의 나는 각자 방에 있어도 목소리를 듣고, 항상 서로의 모습을 볼 수 있다는 엄마의 말이 좋았다. 그리고 나와 가족 모두가 오래도록 그 규칙을 지키고 살았다. 함께 사는 동안 가족 모두의 방문이 언제나 조금씩 열려 있었다. 처음 내 방이 생긴 날, 그리고 처음으로 혼자 자던 날. 나는 잠자리에 누워 새하얀 천장을 바라보았다. 어둑해진 방 안으로 한 뼘 새어 들어오던 거실의 형광등 빛은 지금까지도 선명한 기억으로 남아 있다. 방 밖에서는 나를 사랑하는 가족들이 두런두런 이야기하는 소리가 들렸다. 안전하고 작고 조용한 방 안에서 나는 언제나 쉽게 잠들었다.

내 방에서 일어나는 일은 대체로 나만 알 수 있었다. 방문이 한 뼘 열려 있어도, 그 문을 불쑥 열거나 서랍을 허락 없이 열어보는 사람이 없었기 때문이다. 가족들은 몇 발짝 전부터 인기척을 내고 멀리서부터 이름을 부르며 방문을 '톡' 하고 밀어 열곤 했다. 그 정도라면 무언가를 숨길 시간은 충분했다. 들키고 싶지 않은 물건과 마음을 모두 포함한다. 숨기고 싶은 것이 있을 땐 두 번째 서랍쯤 넣어둔 뒤, 위에 종이 한 장 정도 올려놓으면 완벽한 위장이었다. 일기장, 친구와 주고받은 편지, 혼자 써 내려간 고민들, 보여주고 싶지 않은 낙서들. 숨기고픈 감정도 비슷한 방식으로 감출 수 있었다. 누구도 굳이 그 종이를 들추지 않았다.

엄마는 어릴 적 내 일기장을 한 번도 열어보지 않았다고 했다. 남을 의식하는 일기를 쓰지 않게 하기 위한 노력이었다고. 그리고 자식의 일기를 보지 않아야 한다는 신념을 실천한 당신을 종종 자랑스러워했다. 생각해 보면 엄마의 나를 향한 크고 작고 틀리고 맞는 사랑의 방식 중, 커다랗고 적절한 방식의 사랑이었던 것 같다. 그 덕분에 '고유한 나의 영역'이라는 감각이 내 삶에 자연스러운 일로 자리 잡았다. 나의 고유함을 지켜주는 사람들을 곁에 두게 되었으니, 나도 그 사람들의 고유함을 지키고 또 궁금해하며 살아가려고 노력하고 있다.

그러나 가족들이 내 일기장을 보지 않아도, 아무도 내 서랍을 열어 들추지 않아도 어느 나이부터는 스스로를 많이 의식했기 때문에 진심이 담긴 일기는 몇 년 가지 못했다. 나는 온전한 내 공간에서조차 나를 놓아주기 어려워했다.

이 작은 방에 물건을 참 많이 두고 산다는 걸 미술대

학에 들어가고 나서 처음 알게 되었다. 첫 드로잉 과제가 '내 방 드로잉'이었던 덕이다. 그리는 과정에 획이 많아 상당한 시간이 걸렸는데, 그 수많은 획은 모두 물건이었다. 방향도 굵기도 제각기인. 과제를 다 같이 검토할 때 다른 친구들의 방을 드로잉으로 구경하게 되었고 그때 확신했다. 내 방에 획이 많구나. 내 방을 처음으로 객관적인 시선으로 보게 만든 사건이었고 내 방이 그림이 될 수 있다는 것도 그때 처음 알았다.

방은 그리는 공간 반, 자는 공간 반으로 나뉜다. 둘 다 똑같은 크기로 중요하다. 작은 방이라도 그늘진 곳과 볕이 드는 곳은 구분되기 마련이기에 조금이라도 더 밝은 곳에 책상을 두기 위해 노력해 왔다. 왠지 그래야 할 것 같았다. 유년에는 남에게 선보이고픈 세계를 책상 위에 올려두었다. 잘 그렸다고 생각하는 그림, 자랑하고 싶은 취향, 들키고 싶은 일기 같은 것. 지금은 나에게 선보이고 싶은 세계를 올려둔다. 보기만 해도 기분 좋아지는 붓과 벼루, 잘 나온 드로잉, 설레는 계획, 나를 좋아하는 사람들이 준 편지들. 수능을 준비하며 샀던 책상은 화가의 작업장이 되어 흐트러진 재료와 각지에서 산 종이를 올려두고 있다. 여전히 물건이 많고, 연필과 붓은 지나치게 많다.

책상을 뺀 나머지 공간에서 잠을 잔다. 아무래도 잠자리는 자연스럽게 더 어두운 쪽에 마련하게 된다. 둘 중 어느 하나가 넓어지면 자연스럽게 한쪽이 불편해지는 구성으로 평생을 살았다. 그럼에도 불구하고, 큰 방을 바랐던 적은 한 번도 없다. 넓은 방으로 바꿔주겠다는 가족의 제안도 여러 번 거절했다. 나는 한 사람이 감당할 수 있는 공간의 크기가 어느 정도 정해져 있다고 생각한다. 그 크기는 생각보다 넓지 않을 거라는 확신이 곧 뒤따라온다.

운 좋게 일찌감치 생긴 나만의 방은 다양한 형태로 바뀌고 옮겨가며 나를 보살펴주었다. 이사를 자주 하지 않았으니, 내 인생에서 방은 딱 세 곳이었고 그마저도 두 번은 한 집에서 옮긴 것이다. 어린이에서 어른이 될 때까지, 낙서가 그림이 될 때까지 시간이 흘렀다. 생각해 보면 방에 머무는 시간도 시절마다 천차만별이었다. 바깥의 재미난 일을 갈망하던 시절에는 자거나 그리는 시간에만 방에 머물렀지만, 작가 생활을 시작하고서는 방 안에서 머무는 게 곧 직업이었다. 그러나 어떤 시절이든지, 내 방이 해야 할 일과 내가 방에서 해야 할 일은 같았다. 몇 발 돌아다니지는 못하는 작은 방에서 가족과 많은 대화를 했고 그보다 더 많은 생각을 했으며 그보다 조금 더 많은 그림을 그렸다. 자기만의 방. 그곳은 온전히 나만을 위해 시간과 재능을 소진할 수 있는 유일한 공간이기도 했다.

오래된 기억을 떠올렸다. 낮에는 늘 모래로 무언가를 만들고 있었다. 모래를 제대로 만져본 지 오래되었는데도 그 감각은 유난히 생생하다. 모래를 오랫동안 손으로 누를 때 나던 자국, 젖은 모래를 손바닥에서 털어내기가 얼마나 어려웠던가. 또 마른 모래로 놀고 난 뒤 메

마르고 뽀얀 손이 신기해 들여다보던 일들. 모래를 털고 방으로 들어오면 다시 새로운 놀이가 시작되었다. 엄마와 거실과 방 곳곳에 이불을 띄엄띄엄 깔아놓고, 베개를 타고 헤엄치듯 다른 이불로 이동하는 놀이를 했다. 베개는 배가 되었으니, 장판은 바다가 되는 놀이. 이불은 하나의 섬이 되어 나를 기다리고 있다. 섬에 다다라 잠시 쉬다가, 그 이불을 뒤집어쓰면 무적의 방패가 되었고 때로 내 상상력이 허락한 만큼 깊은 동굴로 갈 수도 있었다. 일정하고 결정된 일을 편안해하는 나에게 이불과 모래는 늘 내게 새로운 질문을 던져주었다. 매일 다른 대답을 고민하는 사이에 내 세계는 느리게 커져갔다.

모래와 이불로 노는 시기가 지나며 낙서가 시작되었다. 낙서는 저항이 없다. 그리면 그리는 대로 쓰면 쓰는 대로 괜찮다. 의지나 의도가 없을수록 더 잘 받아들인다. 꼭 종이일 필요도 없으니, 이불처럼 편안하고 모래처럼 무한한 것이었다. 낙서는 책상 위에서 책상 옆 벽면으로, 노트에서 노트를 짚고 있던 왼쪽 손으로 번져

나갔다. 그리기는 유일하게 내가 망설이지 않는 행위였다. 그리고 그때의 나는 나를 둘러싼 세상에 대해서는 알지 못했다.

*

몇 년 전 방 안 어디에선가 물방울이 떨어지는 소리가 일정하게 들리기 시작했다. 비가 2주 넘게 멈추지 않고 오던 해에 생긴 일이다. 높은 곳에서 시작해 방 천장 위로 떨어지는 낯설고 불길한 소리. 그러나 눈에 보이는 게 없어 불안하기만 했다. 그렇게 일주일이 지나자 그 불길한 소리가 천장을 적시며 얼룩을 만들기 시작했다. 아, 방에 비가 새는구나. 지어진 지 수십 년이 된 집이니 놀랄 일도 아니었다. 하지만 이 놀랄 만한 일도 아닌 것이 나를 아주 힘들게 만들었다. 나는 큰 비가 내릴 때 집에 있는 기분을 정말 사랑했다. 비가 오면 일부러 창문을 넓게 열어 들이치는 비를 맞아 보기도 했다. 시원하고 세찬 빗소리를 들으며 안전하고 보송한 상태의 나로 존재하는 기분. 그런데 방에 비가 새기 시작한 이후로 이야기가 완전히 달라졌다. 장마철에 비가 샐까 불안해 잠을 설치는 시간이 길어지기 시작한 것이다. 약하게 떨어지는 빗방울이 어딘가에 고여서 내 물건들을 해치는 게 아닐까, 이 상황이 나아지지 않으면 어떻게 해야 할까 하는 걱정들. 여러 차례 원인을 확인하러 전문가들이 방을 다녀갔지만, 오랫동안 해결되지 않았다. 앞으로 비 오는 날을 더 이상 좋아할 수도 없을 거라는 생각은 나를 더 울적하게 만들었다. 빗방울 소리가 점점 크게 들릴수록 방을 애정하던 마음이 한 조각 두 조각 떨어져 나가는 것 같았고, 오래되어서 더 사랑했던 마음은 온데간데없었다. 나는 더 새것의 공간으로, 안전한 곳으로 이동하고 싶어졌다. 방에서 머무는 시간도 줄어들어 비 오는 동안은 아예 밖으로 나가버리곤 했다. 네모난, 오래된, 콘크리트의 그늘지고 작은 나의 방. 방이 약해진 것인지 내 마음이 약해진 것인지도 알기 어려웠다.

그즈음 우연한 기회에 공용 작업실을 얻어 사용하게 되었다. 나에게 1.5평 남짓이 주어졌고 내 방에 비해서는 훨씬 큰 작업을 할 수 있는 공간이었다. 돈을 주고 쓰는 방은 처음이었고, 집이 아닌 곳에 '작업실'이라고 소개하는 공간이 생긴 일도 처음이었다. 그 '방'은 창밖으로 커다란 나무가 계절을 겪는 것을 보며 그림을 그릴 수 있는 근사한 공간이었는데, 그 방이 생기고 가장 먼저 한 일이 '문'을 만드는 일이었다. 양옆에 가벽이 세워져 있고 앞으로는 통창, 뒤로는 복도가 지나가는 ㄷ 자의 형태였으므로 지나다니는 길과 내 작업실을 분리하는 일이기도 했다. 가벽과 가벽 사이에 못을 박고 밧줄을 매어 치고 닫을 수 있는 커튼을 달았는데, 그 커튼은 엄마가 오랫동안 보관만 해온 아주 얇고 넓은 머플러였다. 반쯤 비치는 머플러는 실루엣을 비춰 누군가 지나가거나 머무는 걸 알게 하면서도 얼굴을 정확히 보여주지는 않았다. 거기에 조금의 틈을 두어 얼굴을 보며 말을 걸 수 있게 만들었다. 그건 한 뼘 열어놓던 나의 방문과 완벽하게 같은 방식이었다.

늘 조금씩 열어두던 방문, 그러나 인생에서 방문을 끝까지 닫아야 하는 날은 한 번씩 찾아왔다. 누구의 방이든, 꽉 닫힌 방문은 그렇게 좋은 의미가 아니었다. 안에서 속삭여야 하는 일, 또는 밖에서 숙연해야 하는 순간은 어떤 인생이든지 찾아오는 법이다. 방문을 아무리 꽉 닫고 들어가도, 그 안에서 아무리 소리 낮추어 말해도, 가능한 작은 소리로 울어도, 새어 나와야만 하는 감정은 어떻게든 밖으로 새어 나온다. 감정이 예민할 때 가족과 다투고 문을 꽉 닫아버리고 있으면, 한두 시간 뒤 엄마는 방문을 똑똑 두드리며 우리의 약속을 상기시켰다. 어쩌면 문을 꽉 닫은 그때의 나는 누군가 문 두드려주기를 기다리고 있었을지도 모르겠다. 약속의 시작은 어린아이를 보살피기 위한 의도였고, 더 많이 자란 다음에는 다른 방에 누워 있는 아픈 가족을 보살피기 위해서였다. 그러나 그 모든 약속과 과제가 끝난 뒤에도 나는 자꾸 방문을 열어두었다. 언제부턴가 누구도 규칙을 말하지 않았고, 이제는 모두 다 잊어버린 그 규칙이 우리의 삶이 되어버린 것이다. 아마 엄마의 요청보다, 또 계획보다 길어진 게 틀림없다. 언제나 그 한 뼘만큼 가족들의 목소리와 인기척이 들렸고, 딱 그 한 뼘만큼 서로의 인생에 간섭하며 함께 사는 날까지 참 행복했다. 그리고 그때와 많은 것이 달라진 지금, 여전히 내 손으로 문을 꼭 닫는 일은 손끝에 불편함을 남긴다. 그리고 자꾸 열어두는 한 뼘의 틈은 내가 바깥을 살피기 위함인지, 바깥에서 나를 살피길 바라는 마음인지 아직 알지 못한다.

*

지금은 두 개의 방을 가지고 있다. 하나는 하늘과 가깝고 하나는 땅과 가깝다. 하나는 단 한 가족만을 기억하고, 하나는 여러 사람의 기억을 가졌다. 하나는 내 것이고 하나는 내 것이 아니다. 두 개의 방은 서로 멀지 않다. 나는 그 두 개의 방을 자전거로 오가며 조금씩 거리를 좁힌다. 그리고 나는 이 두 곳에서 일어난 일들을 대체로 좋아한다.

하늘과 가까운 방. 매일 다르게 흐르는 구름이 잘 보이고, 새가 빠르게 날아가고 쉬는 모습도 쉽게 볼 수 있다. 차가 달리는 소리는 잘 들리고 사람들의 목소리는 웬만해선 들리지 않는다. 그 방은 비가 새던 방이며, 할머니가 떠나간 방이며, 내 평생을 기억하는 방이다. 아마 그 방은 내가 모르는 나도 기억하고 있을 거다. 새로 도배한 벽지와 최신의 전등은 마치 이 방에서 일어난 일들을 아무것도 기억 못 한다는 듯한 모습이다. 한 공간에 오래 머물면 더 많은 기억을 할 수 있다고 생각하기 쉽지만, 나의 경우엔 정반대다. 한 시절 지내다 떠난 사람은 기억이 그 시절에 멈추어 오히려 기억이 선명하다. 그러나 한 공간에 오래 머물다 보면, 그 공간에 새로운 기억이 여러 번 덮이고 새로 쓰여 오래된 일이 잘 기억나지 않는다. 나는 주로 한곳에 머무는 쪽의 삶을 선택하며 살았고, 많은 걸 잊어버렸다. 그래서일까? 나는 그 방 안에 많은 걸 간직하고 싶어 했다. 친구가 과자 봉투에 그려준 귀여운 그림, 대화하며 그린 티슈 위의 낙서, 타국의 사람이 보낸 간단한 안부 엽서, 가족이 출근하며 쓴 일상의 당부가 적힌 메모까지. 살펴보니 혼자 이룬 것은 아무것도 없다. 오래되기만 한 것도 없다. 모두 누군가와 연결된 흔적들이다. 그때의 모든 사람, 관계가 지금 달라졌더라도 내게 쓸모없어지는 것은 아니었다.

땅에서 가까운 또 하나의 방. 그리고 여러 사람의 기억을 가진 방. 처음으로 창문 밖으로 나무가 보이는 방을 얻었다. 아침에 눈뜰 때마다 창으로 나무를 볼 수 있다는 것이 이 방을 선택하기로 한 가장 큰 이유였다. 이 방에선 걸어가는 사람의 발소리, 거리에서 이루어지는 작은 대화도 잘 들린다. 나무 사이로는 작은 놀이터가 있다. 매일 반복되는 놀이, 그 속에서 개발되는 신체와 시간을 바라본다. 창밖의 소나무는 시간도 계절도 머물기를 바라는 듯하지만, 그 사이로 지나가는 사람들은 매일 달라진다. 창밖에 나무도, 그 사이를 지나는 사람도, 이 방도, 시간의 리듬만 다를 뿐 끊임없이 변하고 있다. 밤이 찾아오면 먼 가로등 불빛이 방 벽에 창문 그림자를 만든다. 나무 그림자는 내 방 벽에서 망설임 없이 흔들린다. 그건 내가 영화나 그림에서만 보던 장면이었다. 그래서일까, 밤에 그 광경을 보고 있노라면 내가 마치 어떤 이야기 안에 있는 것만 같다. 나는 이 방에 너무 많은 것을 남기지는 않을 것이다. 다 때가 있는 것이다.

익숙한 것을 좋아하고 오래된 관성에서 벗어나는 걸 늘 어려워해 왔다. 항상 가는 카페, 같은 메뉴, 늘 앉던 그 자리. 여러 갈래의 똑같은 길이 있다면 어제도 그제도 걸었던 길을 택하게 되고 익숙함과 약간의 지루함까지 편안하게 생각한다. 그리고 더할 나위 없이 안정적인 이 순간, 끝을 떠올린다. 매일 머무는 이곳이 사라지고, 더는 여기에 올 수 없게 되는 순간을. 지금 마주 보고 있는 소중한 사람이, 내일은 없을지도 모른다는 생각을. 늦은 약속이 끝나고 집에 무사히 들어왔다는 의미로 '병아리가 헤드뱅잉을 하는' 귀여운 이모티콘을 친구와 가족에게 미소 지으며 보내는 순간에도 종종 이 평화의 끝을 상상하게 된다. 끝을 생각하면 역시 눈물이 난다. 너무 평범한 삶이 사라지는 순간이 더 슬프다. 아무것도 아니어서 슬프고 아무도 모르는 것 같아서 슬프다. 그러나 계속 울면서 살 수는 없는 것이다. 사랑하는 장소가 사라지는 풍경, 곁에 있는 사람이 사라지는 풍경, 끝내 내가 사라지는 풍경. 그 풍경을 알아차릴 때 우리는 비로소 모든 순간이 다시 기뻐질 수 있다.

"지금 내가 숨 쉬는 것, 내가 하는 행동, 내가 하는 말… 모두 나를 위한 것입니다." 얼마 전 처음 가본 요가 수업에서 몸의 굳은 부분을 이완하며 선생님이 했던 말이다. 집으로 돌아오는 길에 자꾸 그 말이 생각났다.

책상에 앉아 그 말을 떠올리며 천천히 방 안을 둘러보았다. 그리고 '나를 위한 것'들을 바라보았다. 여기 있는 물건 중 어떤 것은 원했고 어떤 것은 원하지 않았다. 이름이 곧 용도인 것도 있고, 존재 자체가 기억이고 증거인 물건도 있다. 그러나 세상에는 이름과 용도가 정확한 것만 있지는 않으므로 호명할 수 없는 물건도 있다. 어떤 물건이나 일들을 정확히 말하기 위해 항상 노력하지만, 어쩐지 이름 붙일 수 없는 물건과 날들이 늘어만 간다.

잠자리에 누워 눈을 몇 번 꿈뻑이다 보면, 처음 내 방이 생긴 그날이 쉽게 떠오른다. 원한다면 그날의 기분까지 선명히 가져올 수 있다. 나를 둘러싼 세상은 그때와 많이 달라져 있다. 선명한 오늘의 기억과 아득한 과거의 상상이 뒤섞이는 시간. 오늘과 내일을 막 연결하려는 이때, 여전히 한 뼘쯤 열려 있는 문틈 사이로 무언가 자꾸 새어 들어오고 다시 새어 나간다. 사랑하는 사람의 인기척, 목소리, 불빛, 사랑, 관심. 그리고 바깥의 누군가를, 방 안에 나를 홀로 두지 않겠다는 의지. 이 작은 방을 하나의 세계라고 말해도 괜찮을까? 그렇다면 열어둔 문틈은 누군가와 통하는 길이라고 말해도 되는 걸까. 종이컵에 실을 달아 만들었던 전화기처럼, 간단하고 연약해 보이지만 확실한 자기만의 연결. 여전히 한 뼘 열린 문틈, 그 방 안에서 나는 매일 무언가를 지켜내고 잃어버리며 살아간다.

매일 모양을 달리하는 저녁달,

꽃을 마주 보고 있는 벤치, 볕이 잘 드는 카페,

단지 안의 놀이터….

“우리가 걷고 있는 곳이 우리의 방이 될 수 있어.”

박세미

박세미

문학과 건축, 두 축에 속해 있다. 건축 기자로 오래 일했으며, 시집 《내가 나일 확률》, 《오늘 사회 발코니》를 지었다. 그 밖에 《나 개 있음에 감사하오》, 《당신의 그림에 답할게요》, 《전자적 숲: 더 멀리 도망치기》 등에 글을 썼다.

-

방을 벽이라는 껍데기로 이루어진 공간으로 여길 수도 있다. 그것은 분명한 물리적 틀이자 경계니까. 하지만 방을 형상의 측면에서 바라볼 때 나는 좀 울적하다. 때가 되면 새로운 소라 껍데기를 찾기 위해 벌거벗은 채 다급히 돌아다니는 소라게의 취약한 맨몸이 생각나기 때문이다. 그래서 나를 구성하는 나 이외의 것들의 집합을 방으로 여겨보자 생각했다. 방을 채운 질료들, 이를테면 책, 침대, 옷, 화병 같은 것들은 내가 새로운 껍데기로 이동할 때마다 내가 끝내 맨몸이 아님을 역설적으로 알려주었다. 그것들은 사물이거나 형상이기 이전에 질료로서 방 밖으로 흘러 나갔다가 방 안으로 다시 들어오며 나의 생활을 감싸 준다.

책

책이 내 방을 점령했다고 느끼던 때가 있었다. 내 방은 책 벽으로 둘러싸여 있었고, 책장에는 겨우 몸을 반쯤 걸친 책들이 마구 튀어나와 있었으며, 바닥에는 책탑들이 여기저기 솟아 있었다. 책을 사랑해 마지않는, 건축과 문학이라는 두 부류에 속한 나로서는 자연스러운 장면이라고 생각했지만, 침대 한켠의 책들이 잠자는 내 몸 위로 무너져 내리는 건 도저히 받아들일 수 없는 상황이었다. 내 방에 놀러 왔던 한 친구는 “책의 엔트로피가 최대치”에 이르렀다며 고개를 절레절레 흔들기도 했다. 하루는 방 한가운데 서서 멍하니 책더미를 쳐다보는데, 끔찍한 기분이 들었다. 책이라는 것은 너무도 분명한 부피를 가지고 있었고, 그 부피가 차곡차곡 모여 공간을 파먹고 있는 형국이었다. 그뿐인가. 책에서 비롯되는 먼지와 곰팡이, 심지어 눈에 보이지 않을 책벌레들 때문에 비염 증세가 날로 심해지고 있었다. 책더미에 대한 나의 분노는 점점 특정 책들을 향하여 뾰족해져 갔다. 어느 순간부터 '이 책이 내 방에서 이 정도의 부피를 차지할 가치가 있는가?'를 판단하기 시작한 것이다. 그 질문은 '세상에 정녕 이 책이 필요한가?'로 이어졌고, 그 의문의 화살을 결국 나를 향했다. '내 글이 책의 부피를 가질 만한 것인가?'에 대한 검열이 나를 오랫동안 괴롭혔다.

나는 거의 2년에 걸쳐 방 안의 책 30퍼센트가량을 처분했다. 분리수거를 하는 날 상자에 담아 버리기도 하고, 중고서점에 갖다 팔기도 하고, 주변 사람들에게 나눠주기도 했다. 책을 처분하는 과정에서 당황스럽고 난감할 때가 많았다. 당연히 읽은 책이라고 생각해서 꺼내 들었는데 펼쳐보지도 않은 새 책인 경우가 있었고, 며칠 전 사려고 온라인서점 장바구니에 넣었던 책이 두 권이나 있는 경우도 있었다. 지금의 나라면 절대 밑줄 치지 않을 문장에 밑줄이 그어져 있는 문학책들, 지금은 전혀 필요해 보이지 않지만 언젠가는 꼭 찾게 될 것만 같은 비싸고 무거운 건축책들은 오랫동안 만지작거리게 됐다. 반면 아무 생각 없이 펼쳤다가 그 자리에서 단숨에 읽게 되는 책들도 있었다.

몇 년간 책이 차지하는 부피에 부대끼느라 유한 밀도와 무게를 가진 육면체를 열고 읽어 내려갈 때 나에게 그 고유한 방이 생성된다는 것을 완전히 잊고 있었다. 그 방들은 서로 연결되기도, 통합되기도, 혹은 외딴곳에 따로 지어지기도 하며 보이지 않는 나의 도시를 구축한다는 것. 그 소중한 도시가 재건되기 시작했다.

사보이 꽃병

어떤 것을 좋아하게 되는 한순간이 있다. 애호의 시발점이 어디인지 추적하다 보면 강렬한 한 장면을 마주하게 되고, 그것은 대개 기억의 앞뒤를 잘라놓는다. 그래서 그 애호에는 합리적인 이유가 붙기 전에 '무턱대고'의 마음이 앞선다. 유리에 대해서는 이런 장면이 내게 있다. 쇠꼬챙이 끝에 매달려 풍선처럼 부풀고 있던 투명한 구. 금방 흘러내릴 것도 같고 불처럼 타오를 것 같기도 한 영롱한 덩어리. 그것은 차갑고 딱딱한 유리가 아니었다. 700도의 몸으로 부풀어 올랐다가 오그라들고, 납작해졌다가 뚝 끊어지기도 하는, 살아 움직이는 듯한 물질이었다. 화로에 들어갔다가 나올 때마다 불의 붉음을 머금고 나와 사람들의 눈동자에 박혀 이글거리던 유리의 신생 같은 것이 내 눈동자에도 흔적을 남겼다. 열 살이었다. (내 인생의 몇 안 되는 행운이라 여기는) 엄마와의 동유럽 여행 중 아마 베네치아의 유리 공방에 들른 모양이었고, 그 이후에도 며칠간 좋고 나쁜 것들을 많이 봤겠지만, 유독 그 장면만 선명하다. 이것은 20여 년의 세월이 흐르면서 서서히 옅어지고 남은 기억 같은 것이 아니다. 그 순간 내 마음을 사로잡기 위해 유리는 나머지를 삭제하고 자신만을 남겼다. 그것은 내 안에서 조용히 살아 있다가 유리로 만들어진 아름다운 사물을 보는 두 눈에 빤짝 나타나곤 한다.

핀란드의 호수와 바다에 영감을 받아 디자인되었다고 하는 사보이 꽃병은 열 살의 내가 보았던 유리의 유려한 곡선을 빼닮았다. 건축가 알바르 알토가 1936년 사보이 호텔의 인테리어를 맡으면서 레스토랑에 놓을 용도로 디자인하여 '에스키모 여자들의 가죽바지'라는 이름으로 선보인 이후 이제 핀란드의 국민 꽃병이 된 사보이 꽃병. 나는 출시된 지 약 80년이 지나서야 사보이 꽃병을 알게 된 셈이다. 몇 년 전 전시회를 연 한 건축가 부부에게 해바라기 몇 송이를 선물한 적이 있다. 이튿날 그들로부터 사진 한 장이 왔는데, 짙은 블루의 물결 모양 유리병에 해바라기가 툭 꽂혀 있었다. 일반적인 형태의 꽃병이 아니었기 때문에 그것이 언젠가 주워들은 알바르 알토의 꽃병이라는 사실을 직감했고, 그 순간에 역시 해바라기는 지워졌다. 그 후 나는 여러 미술관 숍이나 디자인 숍에서 사보이 꽃병을 탐했고, 여러 번 결제를 시도하려 했으나 가격 때문에 번번이 머뭇거렸다. 그러나 사보이 꽃병은 지불 없이 나에게 왔다. 생일날, 사랑했던 사람으로부터. 슬프게도 사랑은 별안간 유리처럼 깨졌지만, 사보이 꽃병은 내 방에서 가장 안전한 곳에 잘 있다. 꽃은 어디에나 꽂아도 아름답고, 사보이 꽃병은 무엇을 꽂아도 아름답다. 심지어 무엇을 꽂지 않아도.

어떤 것을 좋아하게 되면 그 존재에 대해 골똘해지곤 한다. 사보이 꽃병의 물기를 닦으며 나는 생각한다. 유리 유琉에 유리 리璃. 앞뒤가 다 유리라니… 그렇게 투명하니까 자기모순도 생기는 거다. 경계를 지으면서도, 통하는 것. 물리적으로 막혀 있지만, 시각적으로 뚫려 있는 것. 다 알게 하지만, 훼손할 수 없게 하는 것. 때로는 우리를 속이고, 날카롭게 부서지는 것. 그래서 우리는 검붉은 포도빛이 비치는 와인잔을 준비하고, 빛이 들 곳과 바라볼 곳에 창을 내며, 귀중한 그림에 유리를 덮어 액자에 끼우고, 종종 유리문에 이마를 부딪치는 부끄러움을 범하며, 유리가 깨진 바닥에서 섣불리 움직일 수 없는 것이겠지… 하면서, 조심히 제자리에 놓아둔다.

설화

작은 발소리가 점점 가까이 들리고 내 앞에서 멈춘다. 침대에 누워 있던 내가 고개를 살짝 들고 내려다보면 나의 개 설화가 나를 물끄러미 쳐다보고 있다. 내 발밑에 자신이 누울 자리를 마련하라는 명징한 요구. 다리에 엉겨 있던 이불을 평평하게 펼치고서야, 설화는 폴짝 침대에 올라와 자리를 잡고 웅크린다. 나는 방 안으로 들어온 사랑에 대해 생각한다. 한 존재를 이루는 소리, 움직임, 냄새, 눈빛을 절대 잃고 싶지 않다는 마음 때문에 먼 슬픔이 방 안에 머문다. 설화의 이마에 손을 대면 따뜻하게 눈 감기고, 코에 코를 맞대면 차갑게 눈 녹는다. 마주 보고 누우면 쿰쿰한 발냄새가 이불 덮는다.

천둥소리에 설화가 몸을 바들바들 떤다. 혀를 길게 빼고 안절부절못하면서 집 안을 맴맴 돈다. 괜찮다고 말해주어도, 안아주고 등을 쓰다듬어주어도, 내게는 있는 믿음이 설화에게는 없다. 저 천둥이 아무리 요란해

봤자 내 방을 파괴하지는 못한다는 믿음. 설화에게 안전한 방의 믿음을 알려주고 싶지만, 매번 실패다. 하지만 설화는 매일 내게 알려주기를 성공한다. 방 밖에 대한 믿음을 매번 보여준다. 방 밖에는 방 안과는 다른 종류의 기쁨이 도처에 깔려 있음을. 부지런히 네 발을 움직일 때, 기쁨의 반경도 넓어진다는 사실을. 무더위와 소나기는 결국 지나간다는 것을. 나는 방의 경계를 넘어서는 일에 영 소질이 없었다. 방이 나를 키우고, 지켜주고, 보살핀다고 느꼈다. 혼자만의 슬픔에 질식하는 자리가 방이라고 해도 괜찮다고 여길 만큼 방을 사랑했다. 방 밖에 내 자리가 있다고 생각해 본 적은 단 한 번도 없다. 하지만 설화가 내 방에 들어온 이후로 매일 아침과 저녁, 하루에 두 번씩 우리는 방을 나선다. 아파트의 공동현관 자동문이 열리면 설화는 그날의 방향을 결정한다. 첫걸음의 방향에 따라 대략적인 산책 코스가 바뀌는데, 그것을 스스로 결정하는 모습을 볼 때마다 정말 놀랍다. 나는 웬만하면 설화의 의사를 따라주고, 그 신나는 귀와 엉덩이의 흔들거림을 쫓아간다. 가끔 설화는 나무와 풀이 우거진 곳에 땅을 파는 시늉을 하다가 몸을 동글게 말고 털썩 앉아버릴 때가 있다. 내가 당황하여 목줄을 잡아당기며 가자고 말해도 “여기가 원래 내 방이야”라고 말하는 것처럼 도통 움직이지 않는다. 잠시 동안 나는 억울하고 슬프다. “거기 네 방 아니야. 내가 그렇게 노력했는데 아직도 모르겠어? 이제 내 방이 네 방이라고.” 몇 분은 달래다 보면, 수긍하겠다는 듯이 벌떡 일어나 미련을 두지 않고 신나게 또 발걸음을 옮긴다. 설화와 나의 언어는 서로 다른 기호를 가지고 있으므로, 설화에게 그 이유에 관해 나는 평생 설명 듣지 못할 것이지만, 설화의 마음을 짚어보자면 이렇다. 설화는 생후 2개월 추정일 때 논두렁에서 오빠 강아지와 함께 발견되어 구조되었다. 아마 떠돌이 개의 새끼일 거라고 보호소에서는 추측했다. 논두렁의 짚 더미에서 태어났을 설화는 어미 개로부터 배웠을 것이다. “여기가 우리 방이야.”, “그리고 어느 곳이든 우리의 방이 될 수 있어." 그리고 나 역시 설화에게 배운다. "우리가 걷고 있는 곳이 우리의 방이 될 수 있어."

설화와 함께 매일 산책을 한 지 어느덧 3년이 좀 넘어가면서, 내게는 신기한 변화가 생겼다. 동네 곳곳에 나의 휴식을 심어둘 수 있게 된 것이다. 매일 모양을 달리하는 저녁달, 꽃을 마주 보고 있는 벤치, 볕이 잘 드는 카페, 단지 안의 놀이터…. 그곳에 앉아 설화를 쓰다듬으면 미소를 짓게 된다. 그 순간 우리를 둘러싼 안온한 입방체는 우리가 일어서면 또 홀연히 사라진다. 산책을 마치고 집에 돌아와 손과 발을 닦고 방 안에 들어오면 설화가 따라 들어온다.

실목련

또 하나의 우리의 방. 실목련이 있던 그곳은 몇 년간 내가 가장 좋아하던 공간이었다. 주말에는 대부분의 시간을 그곳에서 보냈고, 평일에도 가끔 퇴근 후에 들러 머물곤 했다. 친구의 집 한편에 마련된 방은 작은 크기에 비해 큰 창이 나 있었고 볕이 아주 잘 들었다. 사랑스러운 개 두 마리가 있는, 동그란 테이블과 소파가 있는 그곳에 갈 때면 나는 가슴이 두근거렸다. 사물들의 위치가 미세하게 바뀌어 있거나 새로운 카펫이 깔려 있거나 하는 약간의 낯섦은 내가 모르는 사이에도 공간의 시간이 가고 있음을 느끼게 해주었다.

그곳에서 친구와 나는 일도 하고 밥도 먹고 쉬기도 했다. 음악을 들으며 와인을 자주 마셨고, 책도 읽고, 낮잠도 잤으며, 다른 친구들을 초대해 새벽까지 웃고 떠들기도 했다. 무엇보다 볕 아래서 두 마리의 개를 쓰다듬고 있을 때면, 그 시간과 공간이 없는 나의 삶이 가능할까 의심이 들기도 했다.

그러한 와중에 실목련이 테이블 위에 놓이게 되었고, 방의 장면들은 더 풍요로워졌다. 낮에는 햇빛이 실목련을 비추면 잎의 보송한 털들이 반짝였고, 벽에는 시원하게 뻗은 가지의 선들과 잎의 동그라미들이 나타났다.

저녁에는 노란 조명이 가로등처럼 하나둘씩 떨어진 단풍잎들을 비췄다. 원형의 테이블은 모든 각도에서 실목련을 볼 수 있기도 했지만, 모든 각도로 앉을 수 있다 보니, 친구와 나는 자주 실목련을 이리저리 돌려놓곤 했다. 소파에서 비스듬히 앉아 실목련 가지 끝에 시선을 걸어두고 멍하니 있다 보면, 움직일 힘이 나곤 했다.

나는 결국 실목련이 꽃을 피우는 것을 보지 못했다.

거의 모든 잎이 떨어진 어느 날, 친구와 결별했다. 식물과 방이 이미 서로를 깊숙이 돌보고 있었기 때문에 나는 실목련을 두고 나오기로 했다. 머무르는 존재가 실목련이 될 줄은, 떠나는 존재가 내가 될 줄은 정말 몰랐지만, 그곳에 머무르던 실목련은 강력한 심상을 갖고 있어서 내 기억 속에 자신을 능숙하게 그려놓았다.

그로부터 한 계절쯤 지나 친구로부터 전화를 받았다. 가지만 남아 있는데, 이상하게 살아 있는 것 같다고, 아니 살아 있다고 했다. 물도 주고 햇볕도 쬐어준다고 했다. 그 방에 머무르는 자가 보게 될 실목련의 꽃을 잠깐 떠올렸다.

*

여기에 있다가 저기에 있는 방. 나타났다가 사라지는 방. 정말이지 내 것이라고 믿을 수 없는 방에서 나는 내가 사랑하는 질료들을 붙잡는다. 그것들이 나를 구축하므로, 나는 간절히, 그것들을 지켜내는 방이 되고 싶다.

책상 앞에 풍경을 담은 창문이 있는

작은 공부방을 언제나 꿈꿔왔다.

나는 나의 온전한 방을 갖게 되는 동안

타인이 주어인 글을 쓸 수 있게 되었다.

신지혜

신지혜

건축 설계 사무소에서 일했다.

태어나 처음 살았던 집부터 열한 번째 집까지의 기억을 담은

《0,0,0》과 타인의 첫 번째 집을 인터뷰한 《최초의 집》을 썼고,

건축의 모양에 관한 책들을 지었다.

창문과 책과 춤을 좋아하던 그는 2022년 5월 유명을 달리했다.

열 번째 집

엄마가 결혼했다. 아빠가 췌장암으로 세상을 떠난 지 4년 4개월 만이었다. 이르지도 늦지도 않은 결혼이었다. 언제였다고 해도 내가 엄마의 결혼에 대해 완벽히 마음을 대비하는 때는 오지 않았을 것이다. 엄마는 결혼과 함께 구질구질했던 과거와 최대한 빨리 멀어지고 싶은 듯 보였다. 엄마가 청산하고 싶은 구질구질한 과거에는 나도 포함되었다. 나는 스물여섯 살, 엄마의 결혼과 동시에 혼자 살게 되었다. 엄마의 남편이 전세 보증금으로 쓸 돈 5000만 원을 빌려줬다. 당시 학교 근처의 원룸 시세를 생각하면 넉넉한 돈은 아니었다. 대기업에서 개발한 오피스텔의 여덟 평짜리 원룸이 전세 8000만 원 선이었다. 동네 건축업자들이 지은 비슷한 크기의 원룸이 전세 6~7000만 원 정도했다. 전세 보증금 5000만 원으로 얻을 수 있는 방은 좁고 어딘가 기이한 형상의 원룸이거나, 오래된 다가구, 다세대 주택의 반지하뿐이었다.

나는 방 한 칸, 거실 한 칸짜리 반지하집을 선택했다. 1993년에 지어진 2층짜리 적벽돌의 다가구 주택이었다. 반지하층과 1층에 세입자 다섯 가구가 살고 2층에 집주인 가족이 살았다. 이 집에 사는 모든 가구가 대문 안쪽의 마당을 공유했지만 집주인 가족 외에 마당을 사용하는 사람을 본 적은 없다. 나도 마당을 오갈 때마다 집주인을 마주치지 않기만을 바라며 발걸음을 재촉했다. 대문으로 들어가 마당을 지나면 건물 왼쪽에 담장과 건물 사이로 좁은 길이 나 있었다. 그 길을 따라 쭉 들어가면 오른쪽에 나의 집으로 통하는 문이 있었다. 올록볼록한 사각형 무늬의 반투명 유리가 끼워진 고동색 알루미늄제 현관문이었다. 문이 내 키보다 낮았기 때문에 늘 고개를 숙이며 집 안으로 들어갔다. 나는 이 문을 절로 겸손해지는 문이라고 불렀다.

나의 집은 딱 계단 두 단만큼 땅에 묻혀 있었다. 고개를 숙인 채로 현관문을 지나 계단 두 단을 내려가면 타일이 깔린 현관이 나왔다. 현관 오른쪽에 현관문과 같은 고동색 알루미늄제 문이 달린 욕실이 있었다. 욕실 문에도 올록볼록한 사각형 무늬의 반투명 유리가 끼워져 있었다. 현관에 신발을 벗고 집 안으로 들어가면 바로 거실이 나왔다. 집에 들어가자마자 거실 전체가 보이는 게 싫어서 현관 왼쪽에 키가 큰 원목 책장을 두었다. 원목 책장의 등은 얇은 MDF 판재로 막혀 있었다. 책장 앞으로 돌아 들어가면 원목 테이블 두 개를 붙인 작업 공간이 나왔다. 원목치고 저렴하게 구입한 테이블은 얼마 안 가 다리가 흔들거렸다. 나무가 물러 나사가 끼워진 부분이 금세 헐거워진 탓이다. 책상 주위에 임스 체어 모조품인 싸구려 플라스틱 의자 네 개를 놓았다. 의자 역시 구입한 지 얼마 지나지 않아 균형이 맞지 않고 흔들렸다. 책상 옆으로 나무 새시에 간유리가 끼워진 창문이 있었지만 창밖에는 집주인이 증축한 창고가 있는 탓에 사는 내내 창문을 열어본 일이 없다. 그럴듯하게 살고 싶었지만 거실을 채운 어떤 것도 제 기능을 하지 못했다. 창문조차 빛을 전혀 들이지 못했다.

테이블과 책장이 놓인 작업 공간 옆에는 부엌이 있었다. 나무 무늬 시트지로 마감한 오래된 MDF 싱크대 세트가 이사 오기 전부터 설치되어 있었고, 싱크대 옆에는 이사할 때 중고 가전 가게에서 산 130리터짜리 냉장고와 전자레인지를 놓았다. 오래된 싱크대가 낮아 사용하기 불편했지만 부지런히 주방을 활용했다. 집 근처 골목 시장에서 이틀에 한 번은 장을 보고 매일 세 끼를 요리해서 먹었다. 냉장고는 반찬과 식자재로 늘 가득 채워져 있었다. 인터넷에서 찾은 요리법대로만 따라 하면 처음 하는 요리도 제법 그럴듯한 맛을 냈다. 요리할 때만은 이 반지하 자취방이 나의 집처럼 느껴졌다.

거실 옆에는 침실이 있었다. 침실에 엄마와 함께 살 때 쓰던 장롱과 퀸 사이즈 침대, 55인치 텔레비전을 두었다. 방의 크기와 초라함에 비해 가구와 가전은 너무 크고 고급이었다. 엄마 집에 있을 땐 거실과 침실, 옷방에 따로 놓여 좋아 보이던 가구들이, 이 집에선 전혀 좋은 물건으로 보이지 않았다. 엄마의 가구는 이사 올 때 집주인이 도배해 놓은 최하급의 잔꽃 무늬 벽지와도 어울리지 않았다. 살수록 벽 여기저기 얼룩을 넓혀 가던 곰팡이도 가구의 값어치가 낮아 보이게 만드는 데 한몫을 했다. 침실은 마치 동네 골목에 버려진 쓸 만해 보이는 가구를 하나둘 주워 와 꾸민 것처럼 부조화스러웠다.

가족과 떨어져 혼자 살게 되었을 때 내가 선택한 집은 집이 아닌 과방이었다. 원했던 대로 집에는 늘 많은 친구들이 드나들었다. 어떤 친구는 매일 공강마다 나의 집에 들러 시간을 때우다 갔고, 어떤 친구는 나의 집에서 밤새 작업을 하다 새벽에 자기 집으로 돌아갔다. 어떤 친구는 며칠씩 머물렀고, 어떤 친구는 아예 짐을 싸 들고 들어와 몇 달을 살다 갔다. 현관에는 늘 신발이 가득했고 집 안은 일주일에 한 번은 이웃이 불만을 갖고 찾아올 정도로 항상 시끄러웠다. 나는 친구들이 내가 모르는 사람을 집에 데려와도 상관하지 않았다. 북적이는 편이 더 좋았다. 작업 테이블에 의자 하나만 차지할 수 있으면 괜찮았다. 가족과는 거의 연락하지 않았다. 한 달에 70만 원씩 엄마의 남편에게 용돈을 받았고 돈이 부족할 때만 전화를 걸었다. 용돈의 대부분을 집에 오는 친구들을 먹이는 데 썼다. 외로울 틈이 없었기 때문에 외롭지 않았다.

졸업과 함께 친구들이 한꺼번에 떠나갔다. 나는 과방 같은 집에 혼자 남게 되었다. 친구들로 가득 찼을 땐 몰랐지만 혼자 남은 집은 구석구석 어두웠다. 가족과 헤어져 혼자 살게 되면서 나는 인공조명이 절대로 도달할 수 없는 밝음이 세상에 있다는 걸 알게 되었다. 이 집 어디에도 자연광이 미치지 못했다. 창문은 모두 무용지물이었다.

어둡고 곰팡이가 증식하는 집에서 더 이상 차지하려 애쓰지 않아도 되는 테이블에 앉아 나는 글을 쓰기 시작했다. 주로 일기 같은 글이었다. 주어는 오로지 '나'였다. 가족이 그리웠지만 연락하며 지내고 싶지는 않았고 떠나간 친구들이 지긋지긋했다. 혼자 산책을 자주 했고 산책하며 찍은 사진을 블로그와 SNS에 올렸다. 나의 모든 시간을 글로 남겼다. 그러지 않고는 견딜 수 없는 시간이었다. 그중에는 내가 살았던 첫 번째 집에 대한 글 '최초의 집'도 있다. 블로그에 글을 쓰기 시작한 이후 처음으로 누군가에게 반응을 얻은 글이기도 하다.

열한 번째 집

다가구 주택 반지하방에서 2년을 살고 이사했다. 졸업 후 친구들이 모두 떠난 학교 근처에 계속 남아 있을 이유가 없었다. 친구의 소개로 보광동을 알게 됐다. 보광동은 이태원역 삼거리에서 한강 아래쪽으로 내리막길을 걷다 보면 나오는 노후한 주택가다. 재개발 예정지라 대부분의 집들이 관리되지 않는 탓에 건물이 낡은 대신 임대료가 저렴했다. 집주인들은 진작에 낡은 집을 세주고 동네를 떠났다. 저렴한 임대료를 찾는 사람들이 보광동에 모여 들었다. 덕분에 모두가 이방인인 이 동네에 나도 쉽게 스며들 수 있었다.

나는 방 두 칸, 거실 한 칸짜리 2층의 집을 선택했다. 1991년에 지어진 2층짜리 적벽돌의 다세대 주택이었다. 차가 들어갈 수 없는 골목길을 100미터가량 들어가면 외부 계단이 달린 붉은 벽돌의 이층집이 나왔다. 반지하에 한 세대, 1층에 한 세대, 2층에 내가 세 들어 살았고, 층마다 집주인이 달랐다. 2층까지 계단을 올라가 철제 현관문을 열면 복도가 나왔다. 복도 중간에 옥상으로 올라가는 나무 계단이 있고, 복도의 정면 끝에 욕실이 있었다. 현관에 신발을 벗고 올라서면 왼쪽에 거실로 이어지는 나무문이 있었다. 나무문 위쪽에 올록볼록한 사각형 무늬의 유리가 끼워져 있었다. 거실로 들어가면 정면에 전창이 있었지만 창밖 1미터 거리에 옆집의 벽돌벽이 보였다. 창밖의 막힌 풍경이 거슬리기보다는 볕이 잘 들고 거실이 밝은 점이 마음에 들었다. 거실 천장은 마감을 따로 하지 않고 경사진 나무 구조를 그대로 드러내고 있었고, 바닥에는 오래된 누런 비닐 장판이 깔려 있었다. 나는 바닥보다 천장을 보며 살았다.

창문 맞은편에 MDF 합판에 나무 무늬 시트지로 마감한 구식의 낮은 싱크대 세트가 있었다. 예전에 중고 가전 가게에서 산 130리터짜리 냉장고를 버리고, 냉장실과 냉동실이 분리되지 않은 친구의 90리터짜리 냉장고를 들인 뒤 냉장고 위에 전자레인지를 두었다. 엄마랑 살 때부터 쓰던 냄비나 접시 등도 대부분 버리고 이사했다. 부엌살림이 간소해졌고, 그만큼 요리에 쓰는 시간도 줄었다. 냉장고가 텅 비어 있는 날이 많았고, 나중에는 냉동실이 고장 나면서 냉장고에 넣어 놓은 모든 음식이 얼어버렸다. 하지만 냉장고를 잘 사용하지 않았기 때문에 고치지도 새로 살 생각도 하지 않았다. 나만 먹이면 되었으므로 늘 간단하게 식사했다.

거실 양쪽에 세 평짜리 방 두 칸이 있었다. 둘 중 동쪽 방을 내 방으로 삼았다. 서쪽 방에는 대학 시절 친구가 이사를 들어왔다. 내 방에는 북쪽에 창문이 하나 있었고 그 창을 통해 볕이 잘 들었다. 창문은 바깥으로 튀어나온 3베이 창문이라(다세대 주택에 흔하다) 창턱에 책이나 식물, 장식품을 두기 좋았다. 친구 방에도 북쪽에 3베이 창문이 하나 있었고 창문 맞은편에 나무문이 달린 벽장이 있었다.

나는 창가에 다리가 기울어져 흔들거리던 책상과 임스 체어 모조품인 싸구려 의자를 놓았다. 볕이 잘 드는 낮에 책상 앞에 앉아 있으면 더할 나위 없이 좋았다. 책상 옆에는 키가 큰 원목 책장을 두고, 책상 뒤쪽으로 이케아에서 산 철제 싱글 침대와 조립식 행거를 두었다.

방에는 내 살림살이 외에도 각종 잡동사니가 많았다. 본가에 남겨둔 짐이 전혀 없었기 때문에 버리기도 안고 살기도 애매한 짐이 많았다. 예를 들어 가족사진으로 가득 찬 상자가 여럿 있었다. 엄마는 두 번째 결혼을 할 때 가족사진과 아빠의 젊었을 적 사진을 모두 상자에 담아 나에게 주었다. 그런 상자가 옷으로 가득 찬 행거 아래에 잔뜩 쌓여 있었다. 방의 반 이상을 가구와 짐이 차지했기 때문에 나는 꼭 짐을 두려고 창고를 세 들고 창고 안에서 사는 느낌이었다. 방의 주인이 짐인지 나인지 구분이 되지 않았다. 친구 방도 내 방 못지않았다. 워낙 물건을 좋아하는 친구이기도 했고, 전에 친구가 살던 집에 비해 크기가 작아져 싱글 침대와 수납장만 두었는데도 이미 방이 꽉 찬 느낌이었다. 거기에다 여기저기 바닥에 놓인 짐 때문에 언제나 발 디딜 틈이 없었다. 친구는 집에 있을 때면 침대 위에 앉거나 누워서 대부분의 시간을 보냈다.

나는 아무나 드나들던 집을 떠나 이사하면서 누군가와 함께 살기 좋은 집을 골랐다. 각자의 생활공간이 따로 있고 가운데 주방을 갖춘 거실을 공유할 수 있으니 둘이 함께 살기에 더 없이 좋은 집이라고 생각했다. 월세로 40만 원 가까이를 쓰던 대학 친구를 염두하고 이 집을 구했다. 한 달에 월세로 10만 원을 받았고 공과금은 반으로 나눠서 냈다. 대학에 입학하자마자 친해져 대학 내내 친했으니 같이 사는 일도 문제없이 좋을 거라 생각했다. 전보다 삶의 더 많은 부분을 공유할 수 있을 거라 기대했다. 친구는 아마 나와 생각이 달랐던 모양이다. 생활의 면면이 서로에게 전보다 많이 보여졌지만 친구는 나와 그 이상을 나누고 싶은 것 같지 않았다. 친구가 가족의 빈자리를 메워주길 바랐던 게 애초에 무리였다. 친구는 당연히 나의 가족이 되어주지 못했다. 당시 나는 취직한 뒤에 가족과 연락을 끊은 상태였다.

집에 있을 때 나는 주로 내 방에 틀어박혀 지냈고, 주말에는 여기저기를 돌아다니며 사람을 사귀는 데 열중했다. 그때 사귄 사람들은 대부분 무언가를 만드는 사람들이라 에너지가 넘쳤고 나에게 마음을 후하게 줬다. 특히 내가 블로그와 SNS에 올리는 글과 사진을 좋아해주었다. 당시 나는 주어가 '나'인 글에 더해 건물이나 새로운 동네를 돌아다니며 찍은 사진과 글을 공유하는 데 재미를 붙인 참이었다. 나는 더 열심히 글과 사진에 매달렸다. 한 번만 쓰고 말거라 생각했던 첫 번째 집 이야기도 이후에 이사한 집들에 대해 계속 써나갔다. 그 글을 상수동 이리카페에서 발행하는 《월간이리》에 연재했다. 두 번째 집, 세 번째 집, … 열한 번째 집까지를 한 달에 한 편씩 쓴 후에 그 글들을 모아 《0,0,0》이라는 제목으로 묶어 독립출판했다. 연재한 글을 모아 독립출판해보는 게 어떻겠냐고 제안해 준 친구도 이 집에 살 때 동네에서 우연히 사귀었다. 이제 내 글을 읽어주는 사람은 특정 소수(주변 사람)에서 불특정 소수가 되었다.

열두 번째 집

보광동 집에서 4년을 살고 이사했다. 친구는 진작에 집을 나갔다. 서로 연락하지 않고 지내는 사이가 되었다. 혼자서 그 집에 남아 2년을 더 살았다. 그동안 나는 회사를 그만두고 아르바이트로 생계를 이어갔다. 집주인이 전세를 월세로 전환하고 싶다고 했을 때 '이왕 월세를 낼 거라면' 하는 마음으로 동네에서 집을 찾아 나섰다. 보증금 5000만 원에 월세 35만 원짜리 집을 발견했다. 여덟 군데의 부동산에서 보여준 집들 중 유일하게 성에 찬 집치고는 넘치게 마음에 들었다. 집에 안 좋은 사연(고독사한 시체가 오래 방치됐던 집이랄지, 고독사한 시체가…)이라도 있는 게 아닐까 싶을 만큼 괜찮은 조건이었다. 무엇보다도 이 집에서 살고 싶은 마음이 들었다. 집을 구할 때 그 마음을 놓치지 않는 게 중요하다. 그 마음이 있어야 전 주인과 보증금 반환을 두고 벌어지는 실랑이, 이사라는 시련, 청소라는 고난 등을 모두 견뎌낼 수 있다.

나는 방 세 칸, 부엌 한 칸으로 이루어진 복층집을(진정 집이라고 부를 만하다) 선택했다. 1977년에 지어진 연립주택이다. 네 동이 단지를 이루고 동마다 넷에서 다섯 세대가 측벽을 맞대고 이어져 모든 세대가 1층에서 바로 진입한다. 단지 안에 세대가 공유하는 별다른 공용 시설은 없다. 다만 집마다 현관 앞에 1미터에 2미터짜리 화단이 있고, 1층 현관문을 열고 집 안으로 들어가면 잔 타일이 깔린 현관이 나온다. 현관 왼쪽에 집과 함께 1977년에 만들어졌을 나무 신발장이 달렸다. 겉은 페인트칠을 여러 번 덧칠했지만 안쪽은 오래된 나무의 결을 오롯이 느낄 수 있어 멋스럽다. 현관은 전실로 이어진다. 전실은 방으로 이어주는 기능만 하는 좁은 공간으로 아무 가구도 두지 않고 비워두었다. 현관에서 전실로 20센티미터를 올라서면 정면에 2층으로 올라가는 계단과 욕실 문이 보이고 왼쪽에 문이 달린 방이 한 칸, 문이 달리지 않은 부엌방이 한 칸 있다.

부엌방에는 MDF 합판에 나무 무늬 시트지로 마감한 오래된 싱크대 세트가 설치되어 있고, 세탁실이 딸려 있다. 냉동실이 고장 나서 모든 식재료를 얼려버리던 친구의 소형 냉장고는 이 집으로 이사 올 때 버렸다.

스테인리스 마감이 마음에 드는 180리터짜리 냉장고를 새로 샀다. 부엌의 구식 싱크대나 누런 장판과는 부조화를 이루지만 부엌 출입구를 반쯤 가로막고 서서 부엌의 잡다한 살림을 가려준다. 식사는 여전히 간소하게 먹고, 가스레인지를 써야 하는 요리도 어지간하면 하지 않지만, 부엌이 따로 있어서인지 부엌살림이 늘었다. 부엌 옆 문이 달린 방은 옷방으로 사용한다. 한쪽 벽에 조립식 행거를 설치했고 그 옆에 계절옷을 보관한 상자가 높이 쌓여 있다. 옷 외에도 잡다한 짐이 모두 이 방에 있다. 이 집은 옷과 짐을 위한 방이 따로 있어 좋고, 옷과 짐을 위한 방이 따로 있다는 점이 내 처지에 호사라면 호사다.

2층으로 올라가면 계단 끝에 1미터에 2미터짜리 좁은 공간이 있다. 그곳에서 방 두 칸과 연결된다. 정면의 방은 다섯 평짜리 침실이다. 문 맞은편에 전창이 있어 볕이 잘 든다. 창밖에 빨래를 널기 좋은 발코니가 딸려 있다. 바닥에는 데코타일(마루 무늬가 새겨져 있고 뒷면에 접착제가 있어 시공이 쉽고 저렴한 바닥재)이 깔려 있다. 침실에는 라텍스 매트리스와 2인용 패브릭 소파, 낮은 책장 두 개, 높은 책장 한 개, 책상과 의자가 있다. 그러고도 방에 제법 여유가 있다. 이 집으로 이사할 때 다리가 흔들거리던 원목 책상과 임스 체어 모조품 싸구려 의자를 버리고, 적당히 깔끔하고 튼튼한 책상과 의자를 새로 샀다. 형광등을 잘 켜지 않고 대신 스탠드 조명을 소파 옆에 하나, 책상 위에 하나 놓았다.

계단 오른쪽 방은 세 평짜리 공부방이다. 방에 들어가면 작은 창문이 있고, 그 창을 통해 보광동 전체가 내려다보인다. 이 집이 보광동 꼭대기에 있기 때문이다. 창밖 풍경을 볼 때마다 오르막길을 오른 수고는 모두 잊고 내가 이런 풍경이 보이는 집에 산다는 사실에 안도한다. 창문 앞에는 책상과 의자를 두었다. 날씨가 좋은 날 창문을 열고 책상 앞에 앉아 책을 읽다 보면 '시간이 이대로 멈추었으면' 하고 바라게 된다. 이곳에 영원히 앉아 책만 읽으며 살 수만 있다면 뭐든지 할 수 있을 것 같다. 책상 위에는 스탠드 조명 하나와 읽고 있는 책, 빠른 시일 안에 읽고 싶은 책, 읽어야 하는 책들이 꽂혀 있다. 책상에 놓인 '시급한 책 목록'은 늘어날 뿐 줄어들지 않는다. 책상 양옆에는 키가 큰 책장 세 개가 서 있다. 책으로 둘러싸인 작은 방, 책상 앞에 풍경을 담은 창문이 있는 작은 공부방을 언제나 꿈꿔왔다.

이 집에서는 생활을 분리할 수 있어서 좋다. 배가 고플 땐 1층 부엌에서 식사를 하고 외출 준비는 1층 옷방에서 한다. 쉬거나 잘 때는 2층 침실에서 잠을 자거나 소파에 누워 시간을 보낸다. 그리고 나는 하루의 대부분을 2층 공부방에서 보낸다. 책상에 앉아 책을 읽고 강의를 듣고 글을 쓴다. 정기적으로 출퇴근하게 된 요즘도 하루에 30분은 꼭 책상 앞에 앉으려고 노력한다.

이 책상에 앉아 나는 《최초의 집》이라는 책을 썼다. 《최초의 집》에 실린 글들의 주어는 '나'가 아닌 열네 명의 타인이다. 나는 나의 온전한 방을 갖게 되는 동안 타인이 주어인 글을 쓸 수 있게 되었고, 지금은 이전보다 더 많은 사람들이 내 글을 읽어준다.

나는 누군가와 함께 살고 싶었던 집을 떠나며 나만의 집을 선택했다. 물리적으로 열악한 집을 사람으로 채워 집 같은 분위기로 만들려던 시도는 매번 실패했다. 사람에게 기대지 않아도 충분한, 집 자체로 집다운 집을 원했다. 사람들이 떠나갈 때마다 찾아오는 공허함을 다시 겪고 싶지 않았다. 임시방편 같지 않은 삶을 꾸리고 싶었다. 집에 사람을 들인 지 오래되었고 나는 이 외로움을 받아들이기로 했다. 아무도 없는 집에 들어가기 싫어서 사람을 찾아 밖을 나도는 일도 아예 없어졌다. 이 집에서 나는 혼자 마음껏 고독할 수 있다. 집에 틀어박혀서 한 마디도 하지 않고 지나가는 날이 늘었지만 어쩐지 나의 세계는 확장되고 있다.

내가 있는 곳 어디든

나는 자잘한 살림으로 채워진 공간에서

다정한 안정감을 느낀다.

영원히 포근하고 완벽히 안전하길 바라지 않는다.

신예희

신예희

20년 넘게 그림을 그리고 글을 쓰며 프리랜서로 살고 있다. 여행과 음식을 몹시 좋아한다. 늦깎이 초보 운전자의 좌충우돌 성장기 《마침내 운전》을 비롯해 《이렇게 오랫동안 못 갈 줄 몰랐습니다》, 《돈지랄의 기쁨과 슬픔》 등 여러 책을 썼다.

여행지의 집

하노이 생활도 어느새 몇 주나 지났다. 내 집은 구시가지 한가운데, 관광지로 유명한 호안끼엠 호수 근처다. 콜로니얼양식으로 지은, 아주 오래된 건물. 프랑스 식민 지배의 흔적이겠지. 겉은 낡았지만, 다행히 안은 퍽 산뜻하다. 부엌과 거실, 침실이 분리된 집이라 혼자 쓰기에 충분히 널찍하다. 이웃들도 조용한 편이고.

이렇게 이야기하면, 혹시 베트남으로 이민이라도 간 거냐고 물을 수도 있겠다. 실은 조금 긴 여행 중이다. 한 달가량 한곳에 머무르는 느긋하고 잔잔한 여행.

여행의 '숙소'이긴 하지만 '집'이라고 부르면 왠지 각별하게 느껴져서 좋다. 하긴, 겨우 한 달 머무는 거래도 집은 집이다. 월세 낼 거 다 내고 사는 셈인걸. 하루 이틀쯤이라면 몰라도, 이 정도로 오랫동안 여행할 땐 호텔보단 집 형태의 숙소가 훨씬 마음 편하다. 나는 자잘한 살림으로 채워진 공간에서 다정한 안정감을 느낀다.

남의 살림인데도 희한하게 기분이 좋다. 미니멀리스트가 되기는 애초에 글렀나 보다.

이 집은 에어비앤비를 통해 찾았다. 여행을 워낙 좋아하고 자주 다녀, 고만고만한 예산 내에서 어떻게든 쾌적한 집을 찾으려고 노력한다. 한국보다 훨씬 저렴한 물가 덕분에 하노이에선 꽤 넓은 집에서 머물게 되었다. 집은 거거익선, 크면 클수록 좋다. 혼자도 그러니 두 명 이상 함께 여행할 땐 말해 뭐해. 아무리 가까운 사람이라도, 가족이고 연인이고 친구고 간에, 가끔은(혹은 자주) 꼴 보기 싫을 때가 있기 마련이다. 여행 중엔 이 문제가 갑자기 증폭되어 버린다. 평소보다 훨씬 더 바짝 붙은 채로, 훨씬 더 긴 시간을 보내게 되니까. 아휴, 저거 뒤통수 한 대 갈겼으면 딱 좋겠네… 근질근질….

요런 충동이 들 때쯤 나는 침실에, 쟤는 거실에 떨어져 있으면 잠시 숨 쉴 여유가 생긴다. 좁은 원룸 같은 호텔에서 머문다면 결국 싸우게 될 테지. 열쇠가 여러 벌이거나 번호 키를 쓰는 집이면 더 좋다. 각자 알아서 돌아다닐 수 있으니까. 그러다 저녁 무렵에 만나면 은근히 반갑다. 흥.

하노이 집에 도착해선 제일 먼저 바리바리 싸 들고 온 모기약과 바퀴벌레약을 곳곳에 설치했다. 여행용 샤워 필터도 끼웠다. 콕 집어 하노이라서 그런 게 아니라, 긴 여행의 루틴이다. 루틴은 소중하다. 예를 들어 첫날엔 으레 드럭스토어와 마트에 들러 생필품을 사는데, 질 좋은 휴지와 정전기 청소포, 옷걸이, 화장솜, 면봉 등 부족한 게 있으면 채워놓는 거다. 멀티탭을 살 때도 있다. 노트북이며 휴대폰이며, 충전기를 잔뜩 꽂아야 하니까. 매일 쓰는 워터픽이랑 헤어드라이어도 챙겨 왔다. 여행지 숙소의 드라이어는 대부분 소리만 엄청나지, 좀 부실하다.

유난인가 싶기도 하지만, 한 달가량 지낼 집이니 초반에 나에게 맞게 최적화하면 두고두고 편하다. 짧은 여행은 일탈이지만 긴 여행은 일상이니까. 아, 꽃시장에도 들러야지. 소중한 한 달짜리 집, 최선을 다해 기분 좋은 공간으로 만들 테다. 여행 타령 에세이에도 썼지만, 여행을 하는 건 삶의 축소판을 경험하는 것과도 같다. 장소가 어디든 내 삶을 잘 살고 싶다.

1인 가구의 삶

호텔에 대한 로망이 없는 건 내 집이 상당히 쾌적하고 산뜻하고 널찍하기 때문일 테다. 나는 용인의 34평 아파트에 혼자 산다. 84제곱미터, 소위 말하는 국평(국민 평수)인데 여전히 평 단위가 익숙하다. 새로 지은 아파트를 사서 곧장 입주했는데, 1000세대 훌쩍 넘는 대단지에서도 아마 열 손가락 안에 들만치 빨리 입주했을 것이다. 어지간히 독립하고 싶었나 보다. 산을 깎아 만든 아파트라 주변에 인프라라고 할 만한 게 없어서 초반엔 꽤 고생했지만, 10년쯤 지나자 이젠 나름 갖출 건 다 갖춘 동네가 되었다.

국평 아파트가 대부분 그렇듯 방은 세 개, 화장실은

두 개다. 하지만 주로 거실에서 생활한다. 발코니 확장 공사를 했더니 어찌나 광활한지, 멀쩡한 방 놔두고 뒹굴뒹굴하기 딱 좋다. 어느새 방 세 개는 모두 창고가 되어버렸다. 아니다 싶은 물건은 그때그때 처분해야 할 텐데, 이 방 저 방 밀어 넣고 문을 닫은 후 모른 척했더니 이 모양이다. 명절 연휴 때마다 이번에는, 하며 팔을 걷어붙여 보지만 다 치우려면 아직 멀었다. 화장실도 하나만 집중적으로 쓰고 있어, 저쪽은 물이 제대로 나오긴 하는지 잘 모르겠다. 뭐, 별일 없으면 잘 나오겠지.

거실에서도 가장 많은 시간을 보내는 건 큼직하고 편한 1인용 리클라이너 체어 위인데, 무척 깐깐히 고른 소중한 물건이다. 등받이를 한껏 젖히고 드러누워 배 위에 쿠션을 올린 후 책을 읽거나 휴대폰을 들여다본다.

그 외에도 텔레비전과 소파, 소파 테이블, 식탁 등 이런저런 가구를 사서 거실을 채워놓긴 했지만 어째 쓰는 것만 쓰고, 앉는 곳에만 앉는다는 걸 금세 깨달았다. 옷장에 옷이 그득해도 손 가는 건 몇 벌 되지 않는 거랑 비슷하달까. 고민 끝에 공간을 가장 많이 차지하는 2미터 길이의 거대 식탁을 얼마 전에 과감히 치웠다. 덕분에 거실이 아주 넓어졌다. 3인용 소파 역시 치워도 될 것 같아 고민 중이다. 모든 만남은 밖에서 하는 걸 좋아하는, 손님 초대 같은 이벤트가 생전 없는 집이라서.

심지어 잠도 거실에서 잔다. 침대가 있다면 자연스레 침실도 생기겠지만 원체 딱딱한 바닥에 얇은 요를 깔고 벌렁 눕는 걸 좋아한다.

하지만 거실 생활자로서의 삶도 이제 청산해야 하나 싶다. 맨바닥을 짚고 일어날 때마다 입에서 끙 소리가 저절로 튀어나온 지가 좀 되어서다. 슬슬 돌침대를 사려고 알아보는 중이라, 어쩌면 곧 가장 큰 방을 침실로 쓰게 될지도 모르겠다(그전에 치워야 하는데). 갱년기 증상이 시작되면서 갑작스레 몸 이곳저곳에 문제가 생겼는데, 왠지 돌침대라면 정체불명의 좋은 성분 같은 게 나오지 않을까 은근히 기대하게 되는 것이다. 천인공노할 디자인이 문제긴 하지만.

여성의학과 전문의의 진단에 따르면 갱년기가 남보다 좀 일찍 시작된 거라고 한다. 대체 왜요, 젠장! 하나하나 꼽기에도 입 아플 정도로 다양한 증상에 시달리고 있지만 무엇보다 몸에서 열이 펄펄, 땀도 뻘뻘 난다는 게 참 괴롭다. 서서히 더워지는 게 아니라, 좀 과장하자면 1초 만에 0도에서 100도로 확 뛰어오르는 느낌이랄까. 그래서 멀쩡히 앉아 있다가도 아악! 하고 소리 지르며 입은 옷을 훌렁 벗어 던지고 창문을 활짝 열게 된다. 아아, 혼자 살아서 정말 다행이야.

*

1인 가구의 삶. 조금은 외롭고 가끔은 쓸쓸하지만 대체로 만족스럽다. 가족과 함께 살 때는 '나만의 방'에 대한 애정을 깊이 느껴본 기억이 없다. 어차피 독립된 공간이 아니라고 생각해서였을까? 내 방이 있다고 해서 혼자일 수 있는 건 아니다. 얇은 벽과 문을 통해 서로의 소리를 강제로 공유한다. 언제 누가 내 공간에 무심히 들어올지 알 수 없다. 문을 잠그고 고요한 시간을 보내려 해보지만, 부모도 형제도 그 꼴을 못 본다. 어머 얘 웃기네, 왜 문을 잠그니? 뭐 하려고! 대놓고 섭섭하다는 티를 내기도 하고, 다른 식구나 이웃 앞에서 나를 놀리며 망신 주기도 한다.

이런 이야기를 꺼내면 앗, 나도 그랬는데, 라는 사람을 꽤 많이 보았다. 자식이 방문을 잠그는 것에 거부감을 느끼며 통제하려 드는 양육자가 많은 모양이다. 어릴 적엔 공부 안 하고 딴짓하는 건 아닌지 봐야 한다는 그럴싸한 이유가 있지만, 그대로 고스란히 성인이 된 자녀에게까지 똑같이 구는 게 문제다. 거리낌 없이 옷장과 서랍을 열어보고 가방을 뒤진다. 우편물이며 택배도 먼저 열어본다. 심지어 양육자가 방문 손잡이를 떼어버렸다는 이야기도 들었다. 이 정도면 웃을 일이 아니다.

학교를 졸업하고 곧바로 집에서 프리랜서로 일하기 시작했다. 그 유명한 IMF 외환위기 때라 갑작스레 취

업문이 좁아지는 바람에 학생 때부터 종종 하던 인쇄물 디자인 아르바이트를 쭉 계속한 거다. 사이사이 짧은 일상 카툰을 인터넷에 올렸는데, 웹툰이라는 용어가 생기기 훨씬 전이라 금세 주목받았다. 2000년대 초, 다양한 기업과 공공기관에서 카툰 형식의 홍보물을 원하기 시작한 시기다. 일은 아주 많았고, 할 사람은 너무 적었다. 지금 생각하니 꿈같은 시절이었다.

하지만 내 방이 곧 내 사무실이라는 건 아무래도 좀 애매했다. 가족과 트러블이 있었던가 떠올려 보면, 심하게 가부장적이라거나 큰소리가 오가는 집은 아니었지만, 프리랜서의 생활 방식을 이해받지는 못했던 것 같다. 맞벌이하는 부모님 입장에선 집은 편히 쉬는 곳이지 업무를 하는 장소라곤 생각하지 못했을 것이다.

말하자면 이런 식. 나는 내 방에서 온종일 일했는데, 저녁 무렵 집에 돌아온 부모님은 "아니, 하루 종일 집에 있었으면서 설거지도 안 했냐?"라고 한다. 혹은 거실에서 숨넘어가게 내 이름을 부르길래 일하다 말고 깜짝 놀라 뛰어나가 보면 텔레비전에서 재미있는 걸 한다고 부른 거였다거나(보통은 재미없다), 온갖 심부름은 으레 나를 시킨다거나. 왜? 집에 있는 사람은 할 일 없는 사람이니까. 일하는 사이사이 이런저런 쓰잘데기 있거나 없는(보통은 없다) 부름에 반응하다 보면 일의 리듬이 톡톡 끊기고, 참을성도 뚝뚝 끊긴다. 와, 진짜 못 해 먹겠네! 와장창!

다행히 일이 쉬지 않고 들어와 주어 곧 작은 오피스텔을 구해 출퇴근하기 시작했다. 그러곤 채 한 달이 지나기도 전에 출근이란 루틴이 얼마나 중요한지 실감했다. 프리랜서는 세상 프리할 것 같지만, 맺고 끊는 게 없으면 하염없이 늘어지기 딱 좋다. 되도록 정해진 시간에 출근했고, 심지어 딱 맞는 정장 원피스에 하이힐까지 챙겨 신었다. 나를 단단히 잡아주는 게 필요했다. 물론 사무실에 도착하자마자 브라부터 훌렁 벗어제꼈지만.

최대한 일찍 나가서 늦게 들어왔고, 집에선 말 그대로 잠만 잤다. 그러다 주말에도 당연한 듯이 사무실에

나갔다. 넷플릭스가 없던 시절이라 온종일 케이블 티브이를 보면서 뒹굴뒹굴. 아, 혼자라서 너무 좋다! 그렇게 한껏 바쁜 척하다가 가끔 집에 드러누워 있으면 부모님은 그제야 우리 딸이 이렇게 힘들게 일하는구나 한다. 역시 힘든 티를 내주는 게 중요하다. 그렇게 10년을 꼬박 출퇴근하며 일한 후엔 끌어당길 수 있는 걸 다 끌어당겨 아파트를 사서 독립했다. 지금까지 쭉 그 집이다. 부모님 집과는 차로 10여 분 거리지만 자주 가진 않는다. 한 달에 한두 번 정도? 그래야 애틋해하시는 것 같다. 나 역시 가끔 뵈니까 그분들이 더 짠하게 느껴진다. 사이가 좋아지려면 덜 봐야 하나 보다.

내 집에서 시작되는 이야기

글을 쓰다 보니 문득 집이 그리워진다. 하노이 집도 좋지만, 역시 진짜 내 집이 최고다. 엄밀히 따지자면 온종일 뒹굴뒹굴하던 거실 마룻바닥이 그리운 거지만. 귀

국하면 거실만 새로 도배를 싹 해야지. 10년이나 살았더니 아무래도 좀 누리끼리해지고 칙칙해졌다. 사실 이 생각은 2년쯤 전부터 계속했는데, 생각만 하고 실행은 하지 못했다. 에너지가 부족한 걸까? 그보다는 절실함이 없어서인 것 같다. 뭐, 지금 이대로도 사는 데는 별문제 없고, 도배 말고도 시간이랑 돈 쓸 데가 많으니 자꾸 다음으로 미루는 중이다. 그러다 문득 거실을 둘러보며, 아아, 도배하고 싶다는 소리를 또 하는 거고.

둘이라면 다를지도 모르겠다. 내가 미적거릴 땐 재가 밀어붙이고, 재가 어물쩍댈 땐 내가 등 떠밀며 도배든 뭐든 할지도. 주변을 둘러보면, 많은 경우 결혼을 계기로 큼직큼직한 결정을 과감히 내리는 것 같다. 덜컥 집을 산다든가, 먼 곳으로 이사를 한다든가, 아예 외국으로 이주한다든가. 하나같이 체력이든 돈이든 시간이든, 큰 에너지가 필요한 계단식 변화들이다. 아잇, 부럽네.

하지만 1인 가구의 홀가분함을 포기할 만큼은 아니다. 책 《마침내 운전》을 출간한 후 여기저기에서 북토

크 행사를 했다. 나 혼자만 떠들어봤자 무슨 재미일까 싶어 찾아와 주신 독자에게도 운전에 얽힌 이야기를 청했다. 다양한 에피소드 중에서도 이 문단을 언급하며 공감하는 독자가 유난히 많았다.

> 운전에 생각보다 빨리 익숙해진 건, 내 안의 욕구불만이 어마어마했기 때문일 것이다. 펑 하고 터져버릴 것 같을 때마다 무작정 주차장으로 달려 내려가 시동을 걸었다. 혹은 주차장에만 있어도 좋았다. 차 문을 잠가놓고, 등받이를 한껏 뒤로 젖히고선 눈 감고 음악을 들으며 심호흡했다.*

그러면서 자신도 집 주차장에 차를 세워놓고 잠깐이라도 혼자서 쉰다는 이야기를 들려주곤 했다. 퇴근길

* 신예희, 《마침내 운전》, 애플북스, 2023.

이든 외출했다 들어오는 길이든 곧바로 가족들이 있는 집에 들어가기는 싫더라고요, 라는 그 아련한 표정이라니.

비혼에다 무자녀이지만 조카가 셋 있어 조금이나마 그 마음을 알 것 같다. 지금이야 다들 초등학교 고학년이라 다들 점잖은 척하지만, 어릴 적엔 굉장했거든. 그림 그리는 이모(고모)는 인기가 많다. 뽀로로 그려줘, 티니핑 그려줘, 안 닮았어, 다시 해줘. 즐겁지만 끝이 없다. 안 되겠다 싶어 방으로 피신하면 곧바로 따라 들어오고, 겨우겨우 내보낸 후 문을 닫으면 난리가 난다. 열어줘, 열어줘, 문을 쾅쾅 두드리다 급기야 운다. 하이고야. 그래도 어쨌든 각자 집으로 돌아가면 상황 종료긴 하다. 언니네와 동생네는 24시간, 365일이겠지. 그들도 가끔은 각자의 차 안에서 한숨 돌리며 쉬지 않을까. 그럴 땐 자동차가 내 방, 내 집처럼 느껴지겠다.

하긴, 나에게도 그렇다. 달릴 때든 멈춰 있을 때든, 일단 자동차 문을 잠가버리면 안전한 공간이 되어주는 게 좋다. 그 흔한 흰색 셀토스인 데다 창문 선팅까지 꽤 진하게 해놓아 더욱 맘 편하다. 안에 누가 탔는지 가늠하기 어렵겠지. 이 차를 사기 전에는 밝은색 레이를 탔는데, 오만 군데서 오만 시비가 걸려 오곤 했다. 다음번엔 더 큰 차 사야지… 가만 안 둬, 이놈들….

부동산은 한자로 不動産이라고 쓴다. '움직이지 않는 재산'이라는 의미다. 하지만 이젠 꼭 그렇게만 생각할 필요는 없을 것 같다. 여행지의 숙소도 그때만큼은 내 집, 바퀴 달린 자동차도 포근한 내 집이다. 영원히 포근하고 완벽히 안전하길 바라지 않는다. 그런 공간은 애초에 존재하지 않을 테니. 그저 나는 매번 약간의 돈과 시간과 노력을 더해 공간을 다듬으려 노력한다. 내가 있는 곳이 어디든 최선을 다해 쾌적하게 만들고, 그 안에서 보내는 시간을 즐기려고 한다. 그렇게 하루하루를 잘 채워 나가는 것, 그게 바로 잘 사는 거겠지.

홀로 살아갈 수 없다

나의 작업실만큼은 온전히 나만의 공간이길 바라지만

그렇다고 늘 나 혼자만 이곳에 있길 원치 않는다.

이소영

이소영

식물세밀화가, 원예학 연구자로
식물 곁에 오래 머물며 그림을 그린다.
네이버 오디오클립 '이소영의 식물라디오'를 통해
식물 이야기를 전해오고 있다.
《식물의 책》, 《식물과 나》, 《식물 산책》 등을 썼다.

작업실 구석구석

작업실을 옮긴 지 3개월 정도 되었다. 가구도 웬만큼 들어왔고, 내 물건 중 가장 부피가 큰 책도 제자리에 꽂혔다. 이곳은 나의 두 번째 작업실이고, 나는 여기에서 최대한 오래 지낼 생각이다.

이전의 작업실은 8평 정도 되는 작은 옥탑방이었다. 내 생에 처음 갖는 혼자만의 공간이었고, 10년간 그곳에서 참 많은 일을 했다. 세 권의 책을 썼고, 수십 장의 식물세밀화를 그렸으며, 수백 명의 사람을 만났다.

처음 옥탑 작업실에 들어갔을 때 그곳은 나에게 충분히 넓고 과분한 공간이었으나 해가 갈수록 다 그린 그림과 표본을 보관하기에는 점점 좁은 공간이 되어갔다. 책이 늘어가고 흰 벽은 책장으로 채워졌다. 일이 많아 밤을 새우고 쪽잠을 자는 경우가 잦았는데 잠잘 곳도 마땅찮았다. 그 어떤 작업보다 내게 시급한 과제는 앞선 문제들을 해결할 새로운 작업실을 구하는 것이었다.

마침 근처에 작업실로 쓰기 알맞은 공간을 만났고, 나의 생활에 맞게 구조 공사도 했다. 지금의 새 작업실에는 두 개의 방과 거실 그리고 부엌이 있다. 나는 이제 이곳에서 식물을 그리고, 글을 쓰고, 사람을 만난다. 공간은 삶의 질을 좌우한다는 걸 요즘 부쩍 깨닫는다. 이전 작업실에서는 밤샘 작업 후 오전에 잠을 자고 늦게 일어나곤 했는데, 작업실을 옮긴 후 일찍 일어나 일을 하고 제시간에 밥을 먹고 규칙적인 생활을 한다.

공간이 바뀌었을 뿐인데, 할 수 있는 일과 해야 하는 일도 늘어났다. 직접 요리를 하고, 커피를 내리고, 청소를 하고, 창문도 닦는다. 덕분에 이전 공간에 없던 물건들을 새로 샀다. 커피 머신과 강아지 털을 제거하는 청소기, 더 넓은 공간에서 소리를 울리는 스피커, 식물 조사를 다녀온 뒤 갈아입을 옷을 빨래할 세탁기 등 한 명의 인간이 살아가는 데에 이토록 많은 전자기기와 식재료 그리고 옷과 신발이 필요하다는 사실이 믿기지 않는다. 인간은 식물과는 비교되지 않을 만큼 낭비 많은 생물인 것 같다.

게다가 내 작업실을 채우는 많은 물건은 삶에 꼭 필요한 도구가 아닌 것들도 많다. 수집하는 책과 우표 그리고 식물이 그려진 접시 들….

내가 그리는 식물세밀화는 책과 인쇄물의 삽화로 발전했다. 외국에 여행이나 출장을 가면 중고서점에 들러 그곳의 오래된 식물 도서나 인쇄물을 산다. 책을 쓰고 받은 인세 대부분을 책 사는 데에 쓰는 게 아닐까 싶다. 그렇게 산 식물 책들을 호텔 침대의 머리맡에 두고 잠을 청하곤 했다.

작업실 작은방 문을 열면 퀴퀴한 냄새가 난다. 수집한 고서에서 나는 냄새다. 이사를 오며 책을 한 번에 옮길 수가 없어 한 달 동안 꾸준히 책을 옮겨왔다. 학부에 진학하여 처음 들었던 수업의 교재부터 특별히 아끼는 옛 식물 기록물까지. 일제강점기 시절 조선총독부가 우리나라에 분포하는 식물을 조사한 기록, 1940년대 일본에서 발행한 감 도감, 1800년대 후반에 출간한 나팔꽃 도감처럼 귀한 책일수록 눈에 잘 띄지 않는 깊은 서랍 속에 꽂아둔다. 그리고 시시때때로 이 책들을 꺼내 본다. 이 책들을 보는 즐거움은 뭐랄까, 좋아하는 가수의 공연을 보는 즐거움, 마음에 드는 옷을 사는 즐거움, 맛있는 음식을 먹는 즐거움과 비슷하달까.

그런 내가 최근 몇 년간 책보다 자주 들여다보는 것이 우표다. 첫 직장에서는 종종 식물과 관련된 전시를 열었다. 어느 날엔가 지역의 식물 우표 수집가들이 모은 우표를 전시했고, 이 전시를 관람한 후로 나는 우표 속 식물 그림의 다양성에 매료되고 말았다. 그렇게 식물이 그려진 우표를 수집한 지 14년이 되었다.

우표는 아주 작고 얇다. 찢기고 접힐세라 조심히 다루어야 한다는 점이 꼭 내가 그리는 식물세밀화와 닮았다. 모은 우표 중에는 여행지나 출장지의 우체국에 들려 구입한 우표도, 우리나라에서 구입한 것도, 친구들에게 선물 받은 것도 있다. 북한에서 발행한 특산식물 우표를 보며 나는 내가 절대 갈 수 없는 북한의 자생식물들도 만날 수 있다.

나의 작업실 구석구석의 요소들은 세계 곳곳을 탐험하게 해준다. 나는 언제라도 움직이지 않고 나만의 공간에서 공간 너머의 세상을 만나고 즐길 수 있다.

도시 바깥에서

도심과 떨어져 있어 사람이 잘 올 일 없는 작업실이지만, 이사를 한 후로 이삼일에 한 번은 친구들이 찾아온다. 서울에서, 김포에서, 춘천에서도.

태어나 가장 잘한 일을 꼽으라면 첫째, 식물을 그리는 직업을 선택한 것, 둘째는 운전을 할 줄 알게 된 것, 셋째로 나의 작업실을 경기도 외곽인 남양주로 선택한 것이라 해도 과언이 아니다. 그리고 이 세 가지 선택은 서로 얽혀 있다. 식물을 그리는 일을 하기 위해서는 식물이 있는 야생 곁에 오래 있어야 하고, 사람이 적은 비非도시에서 홀로 고립되지 않기 위해서는 운전을 할 줄 알아야 하기 때문이다.

종종 서울 도심에 사는 지인들이 와 이런 외곽에서 지내기 불편하지 않느냐거나 왜 여기에 자리를 잡았냐고 묻곤 한다. 사실 이런 이야기를 들을 때 빼고는 내가 그다지 특이한 곳에 자리 잡았다는 생각을 할 일이 없다. 식물을 찾으러 가는 장소 중에는 이보다 더 구석지고 문명과 먼, 가게는 물론이고 사람 사는 집 하나 없는 외진 마을이 많다.

나의 첫 직장인 수목원 또한 버스가 한 시간에 한 대 지나가는 곳, 택시를 잡는 건 엄두도 못 내는 그런 곳에 자리해 있었다.

몇 년 전부터 환경오염을 걱정하는 이들이 부쩍 많아졌다. 그중에는 환경을 위해서 차를 사지 않고, 운전을 하지 않는다는 사람들도 있다. 그러나 그런 이야기를 들을 때면 '운전을 하지 않아도 이동 가능한 곳에 사는구나'라는 생각을 떨칠 수 없다. 5킬로미터도 안 되는 거리를 이동하기 위해 두 시간 동안 버스를 기다려야 하고, 편의점에 가기 위해 버스를 두 번 갈아타야 하는 지역에 산다면 운전을 배우고 차를 사야 하지 않을 수 없는 것이다.

우리 삶에서 이뤄지는 많은 선택 중 어떤 것은 살아내기 위해 부득이 해야 하는 것임을, 각박한 세상에서 이상적인 신념을 지킬 수 있다는 것은 그만큼 환경이 받쳐준다는 증명 혹은 권위이기도 하다는 사실을 도시 밖 변두리에 오고 나서 알게 됐다.

수목원에서 일하던 때 종종 버스정류장에서 수목원 근처 동네 사람들과 마주치곤 했는데, 그들은 남편에게 아쉬운 소리를 하고 비위를 맞춰가며 운전해 달라 부탁해 농협과 병원에 간다고 했다. 남편과 크게 싸우고 친정에 가고 싶은데 타고 갈 버스도 택시도 없어 다음 날까지 기다리다 아침밥을 차리면서 친정에 갈 의욕을 잃었다는 이야기도 들었다.

식물 그리는 일을 하며 식물만이 아니라 식물 가까이에서 인간이 사는 모습을 함께 들여다보게 된다. 도시 밖 풍경을 마주하는 동안 자연스레 이동권 문제가 여성에게 더욱 공평하지 않다는 걸 깨달았다.

나는 남에게 기대거나 매달리지 않기 위해, 자립하기 위해 운전을 시작했다. 앞으로 평생 식물을 좇아다녀야 하는데 남의 손을 빌려 식물을 찾아다닐 수도 없는 노릇이다.

그리고 할 수 있는 한 작업실 밖으로 자주 나선다. 자립하기 위해 운전을 시작했다면 바깥으로 나서는 일은 고립되지 않기 위함이다. 작업실에서 내가 주로 하는 일은 그림을 그리고 글을 쓰고 책을 읽고 식물 공부를 하는 것이지만, 책에 매몰되고 지식에 연연하고 편협해지는 것을 경계한다. 돌아보면 내가 도시 바깥, 경기도 외곽에 자리 잡은 것 또한 고립되지 않으리라는 자신감이 있었기 때문에 가능한 선택이었을지도 모르겠다.

찾아오는 존재들

작업실에는 다양한 산지의 식물이 모인다. 제주도, 강원도, 전남 신안 등… 각지에서 그림 그리기 위해 채집한 식물이 채집 봉투에 담긴 채로 내 작업실에 온다.

그리고 이곳에는 호모사피엔스, 인간도 모인다. 친구, 가족, 애인 그리고 일 미팅이나 인터뷰를 하기 위해 온 낯선 사람들도 있다.

작업실에 가장 자주 오는 사람은 동네 친구인데, 우리는 같은 고등학교와 대학교를 졸업했고, 전공도 같다. 친구는 조경가가 되었고 나는 식물세밀화가가 되었다. 인간관계는 7년마다 바뀐다고 하는데, 이 친구와 나는 20여 년의 시간을 함께하고 있다. 우리는 보통 내 작업실에서 만나지만, 계절마다 한두 번은 함께 근처 수목원이나 공원을 방문하기도 한다. 언젠가 수목원을 걸으며 친구가 말했다. "재수할 때 너무 힘들어서 이 수목원에 왔는데 너무 좋고 힘이 되는 거야. 나도 이런 정

원을 만들고 싶다고 생각해서 조경을 선택했어"라고.

최근에 우리는 계수나무 향기를 함께 맡았다. 가을이 지나갈 무렵 작업실에서 근처 수목원까지 5킬로미터 정도의 산책로를 함께 걸었는데, 의도치 않게 산길로 새버렸다. 마침 산에 계수나무 군락이 있었고, 또 마침 그 시기는 계수나무 향기가 짙을 때였다. 우리는 숨을 크게 들이켜 계수나무 향기를 맡으며 서로에게 이곳으로 안내해 주어 고맙다고 말했다.

사실 친구와 나는 식물과 관련된 직종에 종사한다는 공통점만 있을 뿐 취향도 성격도 다르다. 그래서 오히려 우리는 서로를 다 안다는 착각에 빠지지 않고, 서로를 재단하지도 않는다. 이 점이 우리의 관계를 더욱 건강하게 만드는 것이겠지.

종종 내 작업실에는 예상치 못한 생물이 찾아오기도 한다. '하나'도 그중 하나였다.

시보호소에 잡혀 온 유기 동물들이 안락사되기 전 사람들에게 입양을 홍보하거나 직접 입양을 추진하는

SNS의 여러 유기 동물 구조자 계정을 팔로우하다 하나 가족을 알게 됐다. 하나는 엄마 강아지가 길에서 낳은 네 마리의 새끼 강아지 중 한 마리였다.

태어난 지 얼마 안 된 강아지는 보호소의 열악한 상황에 금방 병이 들고 죽는 일이 다반사다. 또 귀여운 아기 강아지들은 입양되고 어미만 안락사되기도 한다. 안타까운 것은 가족 단위로 포획되어 어미가 새끼를 지키느라 도망가지 못하는 경우가 많다는 것이다.

나는 하나 가족을 후원하기로 결정하고 구조했다. 그러나 입양자는 쉬이 나타나지 않았고, 임보처를 옮기던 하나가 내 작업실에서 하루간 머물러야 했다. 하나는 낯선 환경에서 금방 적응했다. 신나게 공놀이를 하고 밥을 먹고 뛰어 놀았다. 새벽, 내 품에 안겨 곤히 자는 하나를 보며 안쓰러운 마음과 함께 어쩌면 인간보다 이 작은 동물이 훨씬 똑똑하고 현명할지 모른다는 생각이 들었다. 주어진 자원에 만족하며, 어떤 것에도 무던하고, 순간순간을 즐길 줄 아는 그런 동물 말이다.

*

식물이라는 생물을 관찰하며 늘상 떠올리는 사실 하나는 우리 인간 역시 동물이자 생물이라는 사실이다. 그리고 모든 생물을 지배하는 능력은 생존력이고, 이 점에서 인간도 예외는 아니다.

생존력이란 생존하는 데에 필요한 힘 이전에 스스로에 대한 지극한 사랑이다. 이 사랑에 의해 생물은 본능적으로 생존할 만한 길을 선택하고 행동한다. 시련을 이겨낸 이들이 흔히 말하는 '죽으란 법은 없다'는 세상의 법칙이 아닌 스스로에 대한 사랑이 부른 생존력의 힘에 관한 말이다.

2023년에 가장 즐겁게 본 영화 〈6번 칸〉에는 이런 대사가 나온다. "여자는 아주 영리한 동물이야. 우리 내면에는 작은 동물이 사는데 그걸 받아들이고 믿어야 해. 그저 내면이 시키는 대로 하면 되는 거야. 남의 말은 들을 필요 없어."

생물에게 스스로에 대한 사랑보다 더 큰 힘과 가치는 없다. 오래 살고 아는 게 많아질수록 자기 안의 본능이나 진정 원하는 것에서 멀어져 스스로를 품격, 우아함, 도덕 같은 사회적 시선과 기대에 가두기 쉽고, 더욱이 여성들에게 그 족쇄는 강하게 작용하곤 한다. 그러나 우리가 각자 가진 원초적 능력을 믿을 수 있다면.

나이가 들수록 투명하고, 솔직하고, 편견 없는 마음을 사랑하게 된다. 그냥 좋다는 감각, 그냥 신나는 감각, 이런 원초적인 감각의 가치를 떠올린다. 어린이들이 놀이터에서 처음 본 친구와 신나게 놀고 아쉬움 없이 헤어지는 풍경 속에 깃든 무엇. 그 바탕에는 열린 마음으로 관계를 받아들이는 포용력, 상대에 대한 편견 없는 마음이 잠재해 있을 것이다.

생물은 홀로 살아갈 수 없다. 길가 콘크리트 사이에 핀 외딴 풀 한 그루 역시 그곳에 자리를 잡을 수 있었던 것은 어느 작은 동물이 멀리에서 씨앗을 물어 번식시켰기 때문이다. 그리고 이 풀이 아름다운 꽃을 피우는 것은 또 다른 곤충이 다가와 수분하기를 바라기 때문이다.

나의 작업실만큼은 온전히 나만의 공간이길 바라지만 그렇다고 늘 나 혼자만 이곳에 있길 원치 않는다. 돌아보면 내가 가장 행복한 순간은 강아지와 함께 누워 있을 때, 동네 친구와 맛있는 음식을 해 먹을 때, 엄마와 드라마 얘기를 할 때… 누군가와 함께 무언가를 하는 순간이라는 것을 나는 시시때때로 깨닫는다.

나에게로 이르는 길

작업실 생활은 내게 일종의 평형추인 셈이다.

결핍된 관계성을 회복할 수 있는 이 이틀의 시간이

내게는 나 자신과 잘 지낼 수 있는 동력이 된다.

무루

무루

고양이 탄이와 단둘이 살고, 일주일에 두 번 작업실로 출근해
그림책과 문장을 어른들과 함께 읽는다.
에세이《이상하고 자유로운 할머니가 되고 싶어》를 썼고,
《인생은 지금》,《할머니의 팡도르》,《섬 위의 주먹》 등
여러 그림책을 동료와 같이 옮겼다.

-

새로 이사한 집에는 거울을 여러 개 두었다. 작은방에는 전신거울을, 거실에는 벽거울을, 화장실에는 면도경을 달았다. 세면대 앞 거울에 면도경을 비추면 평소 볼 수 없는 내 옆모습과 뒷모습을 볼 수 있다. 거울 앞에 서서 그 속에 비친 나를 본다. 거울 속에는 내가 있다. 거울 밖의 나와 딱 한 걸음 떨어진 채로. 그 짧은 거리가 나를 나로부터 떼어 놓는다. 거울을 볼 때 나는 잠시 내가 아니다. 나를 바라보는 하나의 시선이다.

일도 생활도 혼자 하는 사람에게 부족한 것이 무엇이냐 누가 묻는다면 망설임 없이 타인의 시선이라 답할 것이다. 나를 내 밖에서 보아줄 눈이 없다는 것은 자주 나를 고립시키고 방만하게 만들며 때로 외롭게 한다. 그렇다고 그때마다 밖으로 뛰쳐나가거나 집으로 사람을 불러들일 수는 없는 노릇이다. 꼭 그래야만 하는 사람이라면 혼자 살기보다 함께 살기를 택하는 것이 맞다. 혼자인 나는 비타민이나 철분제를 먹듯 거울을 본다. 거울 속의 내 안색과 자세를 살피고 표정을 조금 정돈한다. 그뿐이다. 그런데 이 사소한 행위가 몸과 마음에 가끔 환기가 된다. 인간은 본래 그런 존재라서 자각 없는 모든 순간 스스로를 세상의 중심에 둔다. 그러나 거울을 볼 때 나는 내가 잠깐 그 고정된 장소에서 한 발짝 비켜서는 것 같다.

혼자 일하는 이들 가운데에는 매일 규칙적으로 일감을 싸 들고 카페나 도서관, 공유오피스로 나가거나, 한 장소에 모여 정해진 시간 동안 각자의 업무를 보거나, 온라인으로 만나 서로의 일하는 모습을 송출하는 이들이 있다. 불특정 다수의 시선을 선택하든, 특정 소수의 시선을 선택하든 자신에게 잘 맞는 방식만 찾는다면 분명 일의 효율을 높이고 생활에 적당한 긴장감을 더할 수 있을 것이다. 그마저도 안 하는 사람은? 거울을 본다. 그러니까 내게 '거울을 본다'는 말은 '하다못해 거울이라도 본다'는 뜻이다.

일주일의 닷새는 그렇게 가끔 거울을 들여다보다가 이틀은 작업실로 출근한다. 집 밖에 나서는 순간 거울 같은 건 까맣게 잊는다. 4년 전 얻은 작업실은 오래된 주택 2층으로 사방이 활짝 열려 있다. 휴무일 없이 운영되는 아래층 식당과 함께 쓰는 대문이 항상 열려 있고, 애초에 수업을 위한 공간으로 세를 얻은 까닭에 2층 현관도 내내 열려 있기는 마찬가지다. 처음부터 방 하나는 이웃 동료와 나눠 썼고 지난해부터는 부엌도 공유하는 중이다. 꼭 일할 때가 아니더라도 동네 친구들이 수시로 찾아온다. 함께 돌보는 고양이의 밥을 챙기러, 반찬을 나눠 주러, 전시 초대장이나 연말 카드를 전하러, 산책길에 인사를 하러 예고 없이 이웃들이 작업실 문을 두드린다. 그 문으로 벌레도 들어오고 경계심 많은 고양이도 들어오고 가끔 1층에 식사를 하러 왔다가 착각한 이들도 불쑥 얼굴을 들이민다. 계단식 복도로 이어진 아래층과는 공간 분리가 완전히 되지 않아 소리와 냄새가 쉽게 서로의 영역을 침범한다. 벽 한쪽으로 난 전면 창에는 얼굴 표정까지 보일 만큼 가까운 거리에 이웃집 창문들이 마주하고 있다. 수업을 하다가, 밥을 먹다가, 칫솔을 입에 물고 있다가 온갖 시선을 마주친다. 주택 생활이란 이런 것인가. 사방이 막힌 아파트에서 평생을 조용히 살던 나는 작업실 생활에 적응하는데 꽤 애를 먹었다.

그러나 이 소란한 생활의 이면에는 테라스에서 빛과 바람을 원 없이 누리며 자라는 나무들이나, 동네 어디서든 약속 없이 만날 수 있는 친근한 이웃들, 단골 식당에서 다정한 눈인사를 나누며 먹는 이른 저녁 같은 것들이 있다. 벽과 담과 골목을 사이에 두고 우리는 서로의 장소를 오간다. 저마다가 필요에 의해 선택한 장소에서 우연히 이웃으로 만나 각자의 일을 하고 있을 뿐인데도 담장 너머의 불빛들을 반가워하면서. 그렇게 반나절의 일과를 마치고 집으로 돌아오는 길, 나는 안도한다. 내내 기울었던 저울의 수평을 오늘은 잠시 맞추게 된 듯해서. 동시에 늘 홀로 고립되어 있다는 불안과 결핍의 이면에

실은 나를 자유롭게 하는 완전한 이완이 있다는 사실을 상기할 수 있어서.

그러니까 작업실 생활은 내게 일종의 평형추인 셈이다. 일을 하기 위한 공간이라는 본래의 목적보다도 어쩌면 일정 시간 타인과 연결될 수 있어서 이 장소가 내게는 중요한지도 모르겠다. 결핍된 관계성을 회복할 수 있는 이 이틀의 시간이 내게는 나 자신과 잘 지낼 수 있는 동력이 된다. 내가 가장 잘 지내고 싶은 사람은 다른 누구보다도 나다. 이상한 말이지만 혼자인 사람에게는 스스로를 너무 싫어하지 않는 일이 중요하다. 대부분의 시간을 홀로 채워나가기 때문이다. 혼자인 사람은 자기 안에 갇히기 쉽고 자신의 감정과 생각으로부터 지나치게 영향받는다. 그런 조건 속에서 스스로를 싫어하게 되면 사는 일이 괴로워질 수밖에 없다. 그러니 조금이라도 덜 싫어할 수 있는 방법을 찾아야 한다. 가진 허물을 속속들이 알고도 자신을 좋아하기까지 바라는 것은 너무 어려운 일이다. 내게는 늘 그것이 불가능한 일처럼 여겨진다. 다만 조금이라도 덜 싫은 사람, 혹은 더 나은 사람이 되는 순간을 노력해서 만들어볼 수는 있다. 그런 시간을 되도록 자주 경험하는 것이 내가 아는, 나와 잘 지내는 유일한 방법이다.

*

청년기에는 이런 생각을 할 여력이 없었다. 일의 요령을 익히고 생활의 기술을 습득해 나가느라 바빴으니까. 그것이 꽤 재미가 있었다. 해야 할 일과 하고 싶은 일을 분배하고, 익숙한 것과 새로운 것 사이의 균형을 맞추려 애쓰면서 비로소 어른이 되었다는 실감에 자주 기꺼웠다. 완만하지만 분명한 상승의 곡선 위를 걷고 있는 기분이었다. 만사가 순조로울 때 인간은 맹목이 된다고 했던가. 그때는 사는 일이 쭉 이럴 것 같았다. 지금도 그렇지만 그때도 나는 아는 게 별로 없었다.

그러니 정신의 많은 부분이 육체에서 기인한다는 것을 너무 늦지 않게 알게 된 것은 그 와중에 참 다행스러운 일이다. 제 이름을 초과한 마음들이 들통 같은 것에서 내내 들끓던 시절이 있었다. 자꾸 안에서 뜨겁게 넘치는 것들을 스스로 어쩌지 못해 괴로웠는데 몸이 자라느라 그랬다는 걸 나중에 알았다. 몸과 마음이 바깥을 향하는 것은 성장과 젊음의 속성이라는 것도. 노화의 시작과 함께 탐색과 확장의 시기는 거짓말처럼 끝이 난다. 마흔을 지나며 그것을 알았다. 시작부터 급경사였다. 삶의 무게중심이 흔들리며 빠르게 이동했고, 그간 공들여 쌓아온 생활의 기술들이 모두 무용해지는 기분이었다. 취향과 기술의 영역을 두루 아우르며 의식주를 돌보는 즐거움도, 일과 취미 사이를 오가며 새로움을 향해 뻗어나갔던 호기심도 거짓말처럼 사그라들었다. 감각적 아름다움에 대한 회의가 찾아왔고 우정의 방식을 실험하며 다양한 관계의 형태를 다져나가는 일이 몹시 힘에 부쳤다.

아픈 부모를 돌보는 일과, 갑작스레 찾아온 노안과, 약해진 관절과, 겪어본 적 없는 호르몬의 불안정과, 여전히 희미한 채로 가까워진 나이 든 삶의 불안 같은 것들이 한꺼번에 겹쳐와 신경의 일부가 피복이 벗겨진 것처럼 예민했고 해가 지면 하는 일 없이도 시달린 것처럼 피곤했다. 중년은 대체 어떻게 사는 것인가. 이렇게 몸도 마음도 점점 쪼그라들다가 미처 알지 못하는 어느 때에 죽음에 이르는 것인가. 사는 게 문득 허무해졌다.

미혹 없는 상태라서 마흔을 불혹不惑이라 한다는 공자의 말이나, '중년기 위기middle-life crisis(중년기에 진입하게 되면 삶의 공허와 정체감의 혼란을 느낀다)'는 인간의 보편적 특성이라는 발달심리학자들의 말도 별로 위안이 안 됐다. 모든 의욕이 사그라들자 최소한의 에너지만 소비하기로 한 생물처럼 몸과 마음을 쓰는 일에 인색해졌다. 내 세계는 빠르게 작아졌다. 빛도 소리도 없는 어둠 속으로 깊이 가라앉아 끝내는 감각을 상실해버린 심해어를 보며 동질감을 느꼈다. 창문 하나 없는 작은 방에 갇힌 채 몸에 달린 서랍 몇 개를 열고 닫는 것으로 매일을 반복하는 단편 애니메이션* 속 여자가 꼭 나 같았다. 나는 그가 스스로 벽을 뚫고 새로운 세계를 엿보는 희망적 결말보다 침입자에 의해 그의 일상이 흔들리는 위기의 순간에 더 몰입했다. 갇히기로 한 것도 여자의 선택이었는데. 저 볼품없는 일상도 어쩌면 한 인간이 스스로를 지켜낸 오랜 분투의 흔적일 텐데.

호기심이 사라진 자리에는 회의적 질문 하나가 남았다. 내일에 대한 기대가 없다면 삶의 동력은 어디서 얻어야 하는가. 그때 어떤 문장 하나가 내게 왔다. "멀리 가되, 반드시 돌아와야 하고."** 시작법서를 읽다가 문득 알았다. 내가 한 시절을 떠나 이제 새로운 때를 맞았음을. 멀리 가는 날들을 지나왔으니 이제는 돌아와야 하

* 산니 라흐티넨, 〈서랍 속 괴물Chest of Drawers〉, 2011.

** 이성복, 《불화하는 말들》, 문학과지성사, 2015.

는 것이었다. 그러고 보니 헤세가 "나는 끊임없이 무언가를 찾는 구도자였으며, 아직도 그렇다. 그러나 이제 별을 쳐다보거나 책을 들여다보며 찾지는 않는다. 내 피가 몸속에서 소리 내고 있는 그 가르침을 듣기 시작하고 있다"*라고 쓸 때의 나이가 마흔둘이었던가. 나이 드는 일이란 나를 잃어가는 것이 아니라 내게로 이르는 것이었나. 나는 혼돈의 한가운데 조용히 앉아 내가 맞닥뜨린 괴로움의 이면을 천천히 들여다보기 시작했다. 빛과 그림자가 서로 등을 맞대고 있는 것이라면 낯선 그림자 뒤에는 새로운 빛이 있을 터였다.

*

그럼에도 돌아온다는 게 뭔지, 어디로 어떻게 돌아와

* 헤르만 헤세, 《데미안》, 전영애 옮김, 민음사, 2000.

야 하는지 아직은 모르겠다. 애초에 살아보지 않은 시간을 사는 일에 답이 있을 리가. 다만 삶의 감각이 형식으로부터 얻어진다는 것만은 알겠다. 의식보다 행위를, 일회적인 감동보다는 차곡차곡 쌓아서 얻은 실감을 신뢰할 수 있다는 것도. 한 사람을 규정할 수 있는 실체는 결국 반복되는 행위에 있을 것이다. 그러니 단출해진 중년의 삶이란 어쩌면 형식을 만들어보기 딱 좋지 않은가.

그 모양이 조금이라도 낫기를 바라는 마음으로 세상의 아름다운 것들을 본다. 최근에는 어느 오래된 수도원에 관한 이야기를 읽었다.

> 베긴회 수녀들의 꿈
>
> 이 여성들은 시인이다.
> 마을 한가운데 고풍스러운 베긴회 수도원에 거주한다.

이들은 고아를 받아들인다.
자기가 아이를 원하는지 자문할 필요가 없다.
이들은 하루종일 읽고 쓴다.
또는 지역 주민을 위해 도자기 그릇을 빚는다.
이따금 홀로 떠나기도 한다. 북쪽의 숲으로
이들은 나이가 들어 돌아온다. 새 책과 함께
또는 새 아이들과 함께
매일 저녁 이들은 서로 일감을 보여주며 럼을 마
시면서 조언을 나눈다.
그리고 자기의 시를 생각하며 잠이 든다.
고아가 자라 바깥을 꿈꾸면 떠나게 한다.
이들에게 사랑 이야기가 있는지는 모른다.*

내게 이 글은 삶으로 빚어낸 영혼의 가장 아름다운

---

* 쥘리 델포르트, 《여자아이이고 싶은 적 없었어》, 윤경희 옮김, 바람북스, 2023.

형태처럼 보인다. 사랑을 빼고도 사랑으로 충만하다. 벨기에 플랑드르 지방에 있는 이 수도원의 모체는 12세기 네덜란드에서 창립된 여신자들의 단체다. 이들은 사유재산을 소유하며 적극적인 생업 활동을 한다. 엄격한 종교적 규율이나 격식에 얽매이지 않고 자유롭게 생활하면서, 수도자보다는 예술인에 가까운 모습으로 산다. 그리고 그 지역의 고아나 장애인이나 빈자들을 돌본다. 생계를 위해 도자기와 레이스를 만들고 수도원 내부의 아름다운 산책로를 외부인에게 기꺼이 개방한다.

쥘리 델포르트가 꿈의 형식을 빌려 쓴 이 글은 현실과 상상의 경계가 모호하다. 그럼에도 바라게 된다. 함께여서 더 자유로운 이들이 만들어나가는 이 이상적인 공동체가 세상 어딘가에 실재하기를. 지난해 여러 장소에서 다양한 사람들과 함께 이 글을 소리 내어 읽었다. 읽으면서 어떤 꿈을 꾸었다. 어쩌면 우리도 각자의 삶에서 발견한 아름다운 것들로 한 편의 꿈 이야기를 써볼 수 있을 것이다. 그러고 나면 마주 앉아 서로의 이야기를 들려줄 수 있을 것이다. 그렇게 길고 긴 아름다움의 목록을 함께 이어간다면 좋을 것이다. 이런 상상을 하는 동안 잠시 기대가 불안을 압도했다.

가끔 중년의 자매들을 만나 사는 이야기를 주고받는다. 우리는 서로의 불안과 경험의 작은 지혜들을 나눈다. 그럴 때의 우리는 조금 더 서로의 얼굴을 닮은 것도 같다. 나를 앞서가는 사람이 저만치에 있고, 내 옆과 뒤에는 저마다의 삶을 살아가고 있는 또 다른 이들이 있다. 우리들 중 아무도 답은 모르는데 오직 같이 헤매면서, 이따금 서로의 옆모습이나 뒷모습을 다정히 보아주면서, 앞서거니 뒤서거니 더듬더듬 걸어가고 있다.

여전히 나는 적응할 수 없는 속도로 나이 드는 중이다. 혼자 있을 때는 가끔 거울을 보고, 일주일에 두 번은 사람들의 시선 속으로 출근한다. 불안은 길고 안도는 짧다. 다만 이제는 삶의 의미가 상승보다 하강에 있다고 믿는 이들의 목소리에 귀를 기울이기 시작했다.

나이 드는 일은 추락하는 것이 아니라 깊어지는 것이라고, 내게로 이르는 길은 위가 아닌 아래를 향해 있다고 말하는 목소리들이다. 오랫동안 나를 비껴만 갔던 그 말들이 이제는 나를 향해 쏜 화살처럼 온다. 목소리는 온화하다.

저 깊은 곳에 언젠가 내가 다다를 방이 하나 있다. 앞으로 내 생의 모든 여정은 그곳으로 향하는 일일 것이다. 곧 돋보기안경 맞추러 간다. 내내 흐렸던 눈앞이 조금 선명해질 것이다.

나는 그저 다른 무엇이 아닌 자기 자신이 되는 일이 훨씬 더 중요하다는 간단명료한 사실을 말하고 있을 뿐이지요.

버지니아 울프, 《자기만의 방》

자기만의 방으로

초판 1쇄 발행 2024년 2월 1일

글쓴이 고운, 무루, 박세미, 송은정, 서수연, 신예희,
신지혜, 안희연, 이소영, 휘리
디자인 소요 이경란
표지 그림 서수연
본문 그림 이경란

펴낸곳 오후의 소묘
출판신고 2018년 8월 30일 제 2018-000056호
sewmew.co.kr@gmail.com

ISBN 979-11-91744-31-6 03810